William Shakespeare

莎士比亚的
戏剧世界

—— 张冲 ◎著 ——

| 看见超越时代的人性与爱 |

中国友谊出版公司

图书在版编目（CIP）数据

莎士比亚的戏剧世界 / 张冲著 . -- 北京：中国友谊出版公司，2019.10

ISBN 978-7-5057-4804-0

Ⅰ . ①莎… Ⅱ . ①张… Ⅲ . ①莎士比亚 (Shakespeare, William 1564-1616) － 戏剧文学 － 文学研究 Ⅳ . ① I561.073

中国版本图书馆 CIP 数据核字 (2019) 第 185866 号

书名	莎士比亚的戏剧世界
作者	张 冲
出版	中国友谊出版公司
发行	中国友谊出版公司
经销	新华书店
印刷	河北鹏润印刷有限公司
规格	787×1092 毫米 32 开
	10 印张 130 千字
版次	2019 年 10 月第 1 版
印次	2019 年 10 月第 1 次印刷
书号	ISBN 978－7－5057－4804－0
定价	55.00 元
地址	北京市朝阳区西坝河南里 17 号楼
邮编	100028
电话	(010) 64678009

场次目录

CONTENTS

第二幕：英格兰历史剧

开　场

一位 1564 年 4 月 23 日出生，于 1616 年 4 月 23 日走完一生的英国诗人及戏剧家，给世人带来了年复一年的"世界读书日"（4 月 23 日）。他，就是莎士比亚。

对受过一些教育的人来说，莎士比亚的名字至少是熟悉的。再知道多一点儿，那嘟囔着放之四海皆可用的"生存还是死亡"的哈姆雷特；那放着几倍赔偿不拿，非要去割商战对手胸口一磅肉的夏洛克；那对爱途多舛为爱殉情的恋人罗密欧与朱丽叶；那个把家产悉数分给女儿，却落得个流浪荒野的李尔王；那个轻信谗言，亲手扼杀了美娇妻的奥赛罗，等等，或多或少能证明我们对莎士比亚并不陌生。

再问下去，那就是专业范围的事，让大学生和教授操心去吧。即便对学生，莎士比亚戏剧的故事也许太过时，情节太简单，冲突太矫情，语言太难懂，哪里能与当今红火的虚拟与现实生活相比？

可如果莎士比亚真就只有上面那几把刷子，他一准活不了四百多年，活不到现在，更不可能继续活下去。但现在看来，他似乎还得活下去，虽然有没有下一个四百年，谁也不知道。

为什么？因为有趣，因为好玩，因为有意思。

此人的一生就已足够有趣。

生死于同月同日，这是连最好的拜把子兄弟都不敢想的事情；奉子成婚娶了安妮·海瑟薇，婚后不久就撇下妻儿独自伦（敦）漂，七年莫名踪影；然后……然后突然伦敦环球剧院戏台上就冒出了一个让当时剧坛大咖恨得牙痒、被黑成"插着别人家羽毛"（暗示他总是把别人的戏本顺来就用）的"暴发户"莎士比亚；然后……除了戏就没再有半点关于这位"莎士比亚"先生的消息；

然后……这位先生在五十岁时悄然回归故里；然后……他又写了四五部戏，走完人生，入葬家乡的小教堂；然后……还弄了块小小的墓碑，诅咒任何胆敢掀开石碑以满足好奇之人；然后……七年之后，一伙朋友出钱的出钱，出力的出力，收齐了当时归在他名下的 36 部戏谱，弄了个"第一对开本"；再然后……这位莎士比亚就一步一步从小镇走回伦敦，从伦敦走向英国，从英国走向世界。

真可惜了当时其他多少位同样如日中天的戏剧家，竟没有朋友也来整出个传世之作，时至今日，他们大多只能待在大学图书馆的书库里，为区区小众挣学分拿学位发文章升职称做垫脚石。真有趣，不是吗？

莎士比亚就在这神秘神奇的一生中，写下了 38 部戏（也有说 39 部的），还不算那蔚为可观的 154 首十四行诗和几首长短不一的其他诗歌。

有趣的人生，难道会写出无趣的戏本？

先看喜剧。《错误的喜剧》与《第十二夜》中的孪生兄弟或兄妹，让他人时时陷于"撞脸"之误；《爱的徒劳》与《无事生非》中年轻人天性无敌，无论是刻板的规矩森严还是表面的针尖麦芒，该爱的，拦不住；《终成眷属》与《维罗纳二绅士》中，到底谁是绅士谁是小人，终成的是否真是眷属，在当代人心中怕是要打问号；《皆大欢喜》和《仲夏夜之梦》那座充盈浪漫的林子，当真成就了少男少女的浪漫梦？《驯悍记》和《温莎的风流娘儿们》，即使是现在，也可算是一对驯妻教夫的活宝戏；至于人们耳熟能详的《威尼斯商人》，你知道还有多少新奇的读法吗？在另一出同样被称为"黑色喜剧"的《一报还一报》里，有不少台词和桥段会让你以为是落马贪官的言行呢。

再说历史剧。莎士比亚可是历史剧的大手笔。两个四部曲，写尽英国历史上的宫廷阴谋、沙场大战、帝王威武，强敌嚣顽。然而打打杀杀之间，仍有《亨利四世》中胖骑士福斯塔夫对封建意识釜底抽薪之乐，有《亨利五世》中讲着破法语的英国国王与讲着破英语的法国公主的调情；即使什么好玩的都没有，看一部《约翰王》，长一点子被迫签署了有当代西方民主政体源头之称的"大宪章"的那位"失地国王"的知识,读一读《亨利八世》,发现莎士比亚有时也很擅长逢迎——因为那亨利八世正是当时女王伊丽莎白一世的父亲。

悲剧也自有悲剧之"趣"。"四大"(《哈姆雷特》《奥赛罗》《李尔王》《麦克白》)暂且不论,把《安东尼与克利奥帕特拉》和《罗密欧与朱丽叶》往一起一放,戏里面国恨家仇扼杀了或纯情或激越的爱,能不叫人心痛?《雅典的泰门》中那段著名的控诉金钱万恶的话,此时听来,能不让人触到灵魂?根据罗马历史写成的悲剧《裘利斯·凯撒》,促成剧情反转的那一大场演说比拼,完全可做讲演培训的教材;《科利奥兰纳斯》中在元老院与平民之间上蹿下跳的"护民官",能让人冷静思考民主建制的问题;即便是不太有人知道的莎士比亚早期悲剧《泰特斯·安德洛尼克斯》,其血腥暴力也完全能使好莱坞相形见绌。

有哲人将人生比作长河,始于奔腾跌宕,渐近大海,水面渐宽,水流渐缓而平坦。莎士比亚写戏似乎一同此理。他后期被称为"传奇剧"的作品,大多传达了宽恕和解、破镜重圆的信息。无论兄弟反目成仇如《暴风雨》或《泰尔亲王配利克里斯》，还是因不可抗力而家庭四散如《辛白林》和《冬天的故事》，主人公或凭坚忍与信念，或借神奇天佑，最后终成正果：离散的夫妻复合了，决裂的兄弟和好了，走失的兄弟姐妹又都团聚了。经历虽万般艰难，结局总算留了一点温暖和希望，以安慰风尘仆仆的心。与此不太"合拍"的倒是那部《两贵亲》，莎士比亚与当时一位后起之秀的合作，借别人的故事，把一出两男争一女的故事写得跌宕起伏，百转千折，差一点儿到了悲剧的边缘又硬给拽了回来。

可说到现在，其实还没说到莎士比亚真正有趣的地方，那就是他的语言，那妙趣横生的比喻，那匪夷所思的联想和想象，那令人拍案叫绝的生拼硬造，那叫人忍俊不禁的干净的"脏"话，真要一一梳理出来，怕是完胜当今活跃在网络上的任何一位段子手。只可惜，那样的趣味，不读英文原文，只能隔靴搔痒了。

回到正题。

在随后的篇目中，笔者模仿莎翁戏剧之构，把他的

39部戏，按"喜剧""英格兰历史剧""罗马历史剧""悲剧"和"传奇剧"大致分成五"幕"。陌生的戏，聊聊它有趣的内容；熟悉的戏，讲讲情节背后出人意料的精妙；对题材似乎同类的戏本，放在一起做个比较对照；对脍炙人口的作品，谈谈可能不太熟悉的别样读法。纸上说戏，虽抵不上现场观看，但零敲碎打，亦不失茶余饭后一乐，为知识话题一补。

就此开场。

喜劇

第一幕

第
1
场
/ 错、错、错：笑闹之外有余味

《错误的喜剧》（*Comedy of Errors*, 1594）[1]

1564 年出生的莎士比亚，20 刚过似乎就钻进了异类时空混了整整七年时间。谁都不知道他去了哪里，干了什么，只知道 1585 年他的龙凤双胞胎刚在家乡教堂受过洗，他便一头扎进时光隧道，等他 1592 年从隧道另一头出来，已俨然是一位让专业剧作家都嫉妒得有点咬牙切齿的"剧院暴发户"了——"插着别人的羽毛"（暗讽其老从别人那里"借"灵感）去"摇撼剧院"（"莎士

---

1. 本书所标莎剧年代，系参考多种权威版本莎剧全集或论著，择其多者为之；全书所有对莎剧原文的引用，均为作者意译所成，并不求与原文严丝合缝。特此说明。

比亚"一名的英文 Shakespeare 可分解为"摇动 shake- 长矛 spear)。不过,若可以暂且将这段不明不白的消失看作他在伦敦剧院里偷偷学艺,那么,《错误的喜剧》就是这位学徒交出的早期作业之一。

故事情节是从古罗马喜剧借来的:孪生兄弟大安(以弗所的安提福勒斯)小安(西拉库斯的安提福勒斯)尚未记事便因父母遭遇海难而陆海两隔,二十多年后,小安随父前往以弗所寻亲,身边还带着个跟班名叫小德(西拉库斯的德洛米奥)。谁都不知道(老天与观众知道!),大安就在以弗所,更巧的是,小安的仆人小德也有个自小失散的孪生哥哥,就是大安的仆人大德(以弗所的德洛米奥),在以弗所跟着大安做听差。再加上大安已有妻室,妻子艾德莉亚娜身边还有个待嫁的妹妹卢西亚娜。这几个人抬头不见低头见,你来我往,错中出错,闹出无数笑话,令人捧腹。舞台上演起来,既要让戏中人相互弄错身份,又要让观众一眼看出错从何来,还真得让导演演员绞上好几滴脑汁。

仅举一例:小安在以弗所大街上转悠,试图于茫茫人海中撞见自己的孪生哥哥大安与母亲，又让跟班小德将随身所带钱款藏于安全处所。不多时他便见跟班回来，正诧异回之迅速，没料想后者劈头盖脸给了他一顿责备，说（嫉妒心极强的）夫人就在家等他吃晚饭，问他为何拖拖拉拉，是否有了外心。原来他遇上的是大安的跟班大德（此处有笑声）。小安白背黑锅，恭敬不如从命，顺着方向径自"回家"，在大安家门口遇上派去藏钱的小德，问起藏钱就藏钱，怎么还闹出一折请吃晚饭的事情，让小德摸不着北（此处有笑声）。（大安的）妻子闻声出来，戳着小安好一顿训斥（此处有笑声），但毕竟夫妻恩情犹在，妻子骂够了，一挽胳膊，拉着"丈夫"上楼享受双人晚餐的浪漫去了，还叮嘱小（大）德无论谁来敲门都不许开（此处有笑声）。结果，当因事耽搁、未能马上回家吃饭的丈夫忐忑不安地来到家门口时，被拦在门外，告知夫人正与官人畅享二人世界（此处有大笑声）！

事实上，全剧几乎每一场都塞满了这样的错，可以肯定，演起来，每一桥段都能博得满堂哄笑：送项链的送错了人，惹来无端的嫉妒与家闹；还钱的找错了主，让对方连连觉得"受之有愧、却之不恭";打仆人的打错了仆人,被打得连呼出门不利;抓"老赖"的抓来了一头雾水的清白汉子,而真正欠人钱的把钱送给了别人还毫不知情,等等等等。年轻的学徒莎士比亚,刚在伦敦的演出世界探头,就来了这么一出能让人笑掉下巴的戏,想必是为自己攒足了人气。后世学者指出,此剧学徒痕迹明显,语言浅薄稚嫩,结构单调重复,模仿味道很重,观众可以从头笑到尾,但回神一想,似乎缺了一点"道德寓意"的教化功能。看来,为娱乐而娱乐,是从来就有、哪里都有的现象。

不过,指责学徒莎士比亚缺乏"独创",现在看来可能有失偏颇。第一,当时并没有那么严格的版权法,再说了,把外国戏搬到本国舞台上演,而且赢了"点击"赢"票房",不久就让当时写戏演戏的大腕们嫉恨交加,不正是这剧院学徒的本事吗?能让"外国的"东西为英国观众享受,能让古代的东西为当代观众享受,难道这里面就没有莎士比亚自己——无论在剧本还是演出中——的创意了?

话说回来，即便是学徒模仿，即便是情节搭建胜于人物刻画，这一出错中套错的喜剧，依然不乏充满机智幽默的台词，放在今天的微信微博上，也会有相当的点击转发。例如小安说到众里寻兄，犹如"一滴水在大海里寻找另一滴"，恐怕比大海捞针还难一些呢；老饕们必定认同"满桌的欢迎话抵不上一盘佳肴"的感叹，而"上桌心情紧张，引发消化不良"，无论从礼仪还是医学角度看，都正好用来告诫各位，吃饭就好好吃饭，别喋喋不休那些让人不开心的话题。

说认真的，戏里面有些桥段，即使现在看看，依然颇有点儿意思。比如，大安的妻子艾德莉亚娜和她尚与爱情隔空相望的妹妹卢西亚娜之间关于爱情婚姻的几番对话。姐妹情深，但戏中好几处，性格观念大不相同的姐妹俩就爱情婚姻针锋相对。相比豪爽直率的姐姐，妹妹认定做女人"顺从"为先，却被姐姐一句"只有骡马才需要笼套"驳了回去；妹妹认为姐姐个性太强，这才让姐夫大安老是借故在外边躲清闲，姐姐则规劝妹妹，正因为她一味低声下气，到现在连恋爱都没谈上一个；

妹妹说，即使丈夫有了外遇，为妻的也要隐忍，姐姐不屑，"我们背负了那么重的痛苦，多少得怪罪我们自己"。即使撇开火药味浓重且好走极端主义的视角，相信当代的大多数人，无论性别如何，都会认同姐姐的立场，做或欣赏独立女性。

有人说，喜剧悲剧，全在一念之差，这里的"一念"，可以用剧作家笔下的剧情结尾来替换。无论情节如何复杂，冲突如何激烈，人物如何纠结，到最后全活着，并活得不错，那就是喜剧；要死了几个人，特别是主角一死，不是悲剧还能是什么？这样的断语看似简单化，细想想还是有道理的。你看本剧那两对孪生兄弟，当着台上众人你上我下，造成了一场本质上相当严重的"身份认同危机"。仆人小德迷惘地问"我是我吗？"，这是不是让人听着觉得颇有哲学深意？小安发现"人人都在喊我的名字"，说着与他有关的事情，可他却与谁都没关系，我们是不是能感受到在他身上发生的名实分裂：认人，到底是认名字还是认行为？戏演到最后，目睹两对孪生兄弟，丈二和尚摸不着头脑的公爵问："谁是血肉之躯？

谁是游走的魂？"怎么听都觉得是他对网上虚拟世界里的"相识"发出的疑问。好在，孪生兄弟的名实分离在修道院前告终：两位主人大小安和两位仆人大小德第一次两两会师，大小安的父亲也与失散了二十多年的妻子（修道院长）相聚。相逢消解误会，一笑终成喜剧。如果要给这一桥段添上一点儿"寓意"，那一定是：虚拟世界尽管发达，人，还是得见真的。

所以，虽然错中套错，错得离谱，把这许多的错好好编排在一起演出来，依然自有一番或深或浅的意义。看演出的，读剧本的，笑过之后，也还是可以静静地体会体会言外之意的。

第2场 | 双兔傍地，安辨雌雄

《第十二夜》（*Twelfth Night*, 1601）

孪生而致身份误会，为贯穿全剧的笑点提供原料，前篇《错误的喜剧》中那主仆两对孪生兄弟之间因此而起的误会，几乎把个喜剧弄成了闹剧，让人前仰后合之后，似乎觉得还少了点儿"深刻"的东西，这个缺憾，莎士比亚用《第十二夜》补上了。

剧情笑点依然因孪生而起，但这一次孪生的是兄妹。塞巴斯蒂安和妹妹薇奥拉因海难而失散，薇奥拉漂到伊莱里亚海边获救，为安全计，改扮男装，改名西萨里奥，来到暗中慕名已久的奥西诺公爵府上当差——估计是希望见机行事，实现嫁给梦中情人的梦想。可这奥西诺见小伙子眉清目秀伶牙俐齿，竟派他（她）前去向大户人家小姐奥丽维娅求爱。原来，这位小姐新近接连失去父亲和兄长，哀伤绵绵，正在服丧，公爵屡次前往都无功而返。当然我们心知肚明，那只是一个"合理的借口"，是否"合情"，看看奥丽维娅见了扮了男生的薇奥拉后的反应，就可明白。

公爵派薇奥拉前去转达爱意，可奥丽维娅一眼就爱上了这位相貌英俊的"小伙子"，竟立马抛下女孩儿的矜持，也忘了自己尚在服丧不宜见客的托词，主动出击，大有非西萨里奥不嫁的意思。这一来可把女儿身的薇奥拉难坏了，左推右挡，正苦于无法脱身，孪生哥哥塞巴斯蒂安鬼使神差来到城里，被奥丽维娅撞上，一把拉去找神父订了婚。最后，跟着公爵的西萨里奥（男装薇奥拉）与正怒气冲冲寻找"玩消失"的新郎的奥丽维娅狭路相逢，后者冲着男装薇奥拉一声高喊"老公！"，让公爵对身边这小伙子怒目相看：我派你去替我求婚，结果你竟然自己搞上了！薇奥拉有口难辩，亏得孪生哥哥塞巴斯蒂安及时出现，让在场各位大有"双兔傍地走，安能辨我（你）是雄雌"的感叹。兄妹一番话，最终解开了所有误会和心结，两对恋人各得其所，看戏的人们也度过了一个欢快的圣诞后第十二夜。

既然是节庆戏，多少得带上一点儿狂欢的味道，而狂欢，就意味着暂时的放纵与越界。狂欢起来，平时的清规戒律可以不顾，上下尊卑的界限也被混淆了，性别身份这些东西也变得游移模糊起来。在这样的环境（还是幻境？）中，甚至连求爱也很难让人分得清是玩闹还是认真。看看《第十二夜》，似乎是备齐了狂欢的各种要素：在欢笑嬉闹中，主仆关系松了，观众看到的是主人被仆人戏弄；传统求爱中的男女关系倒了过来，成了女主追"男"仆；求爱的双方，实际上连到底是男是女，都让人难以确定，因为在戏中，被公爵派去向奥丽维娅求爱的薇奥拉，是女扮男装，但当时的观众都心知肚明，台上的两位美女，无论是奥丽维娅还是薇奥拉，实际上都是美少年扮的！现在的人们很难体会当时观众那怎么也按捺不住的好笑：这几位求爱，到底是男求女、女求男、女求女、还是男求男啊？如此想来，她（他）们嘴里的那些信誓旦旦的求爱，能有几分可以当真？真应了《木兰辞》

中的那几句："雄兔脚扑朔，雌兔眼迷离；双兔傍地走，安能辨我是雄雌"！

狂欢中还有一个不可或缺的角色，那就是丑角。在《第十二夜》中找找，好家伙，恐怕得有三个：有"专业丑角"菲斯特，专门在女主人奥丽维娅面前逗乐，享有对女主人口无遮拦的特权；还有两个按角色行当并非丑角，但其言行均与丑角无异，一个是奥丽维娅的醉鬼叔叔，那个连姓氏里都带着饱嗝（英文 belch）的托比爵士，另一个是奥丽维娅的管家马福里奥，据说是按清教徒的样式设计的人物，满脸的严肃拘谨，满心的痴念妄想，用来供戏里戏外的人们嘲笑的。

当然，《第十二夜》并非简单的闹剧，嬉笑的故事情节中，还是另有一番意思的：女孩子出自天性对爱的执着和主动，莎士比亚通过剧中人之口对宫廷或"高雅""时髦"（"烂俗"的另一种称呼）的求爱方式的尽情嘲讽，应该是这部戏的两大看点。

戏里的两位姑娘，真的是把爱的主动权掌握在自己手里的榜样。那位与孪生哥哥失散了的薇奥拉，刚扮了男装在陌生的城市立足，便打听自己仰慕已久的公爵是否依然单身，还拐弯抹角地打听他是否情感专一，其心计不可谓不成熟。得知实情后，"他"（她）赶紧去府上自荐做了跟班，虽然很不情愿地被派去向奥丽维娅（情敌？）求爱，但心中主意已定：无论发生什么事，我铁定要嫁到你门下。

奥丽维娅则更了不得：说是在服父亲与兄长之丧，拒见所有登门男性，其实人人心知肚明，那不过是她不愿意见公爵的托词。真是的，年轻公爵配名门淑女，明明是门当户对，可她就是与公爵"不对眼"（这一点，很值得所有在相亲角举牌的父母听一听），可一听说有"美少年"来叩门，第一反应竟然是"谁在门口拦着他？"急急地往脸上蒙了张面纱，就让人进门了。几番对话，早把公爵的事甩到云端，不停地向小伙子（别忘了，是姑娘扮的）美目传情暗送秋波，不停地打听对方的身世，送客时还暗示对方，"下次就别让公爵再派人来求爱了，除非你来（顿了一顿，生怕太露骨）告诉我公爵是如何接受我的拒绝的（这还要说吗？当然是心碎啊！）。"

真爱到了，什么理性规矩都挡不住，连当事人自己都预料不到的，这大概就是我们说的"化学反应"。

不过，求爱也得来真的，就是发自内心自然流露的那种，可以傻，可以拙，但不能"作"，而所谓"高雅""时髦"的宫廷式求爱，往往太刻意，太浅薄，哪怕蒙着"浪漫"的外衣。对那种做作的求爱，莎士比亚可没少加以嘲弄，现在的观众读者，千万不要掉进莎士比亚戏里的求爱圈套，以为那些陈词滥调的爱情传递的是真情实意。比如，奥丽维娅问"小伙子"薇奥拉，如果"他"求爱被拒会怎么办，后者说："我要用柳木板做一只箱子放在你家门口，站在上面呼唤着屋子里我的灵魂；我要写哀叹求爱被拒的诗句，在万籁俱静的深夜高声吟诵；我要面对绵绵群山高喊你的名字，让震荡的空气中回响着'奥丽维娅'！"哎呀，这和现在有些小伙子求爱，在女生宿舍前摆开心形蜡烛阵、半路上突然送花送歌、饭桌上猛地掏个什么首饰盒之类的，怎么这么异曲同工啊？千万千万，别掉进莎士比亚的坑里去：薇奥拉是在嘲讽那些浅薄刻意愚蠢的求爱法。真那么做了，不怕别人告你深夜扰民?

薇奥拉作为莎士比亚笔下女主角中的佼佼者,可不是一般的智慧伶俐,她的话,时而一针见血:"一个漂亮又靠不住的男人,多么容易占据了女人家柔弱的心",时而推心置腹:"我们男人(此时她正装着男儿!)也许更多话,更会发誓,可是真的,我们的表现总多于我们的实际决心;因为我们总是山盟海誓何其多,真情实爱何其少",时而睿智深刻:"装傻装得好也是要靠才情的:他必须窥伺被他所取笑的人们的心绪,了解他们的身份,还得看准了时机;然后像窥视着眼前每一只鸟雀的野鹰一样,每个机会都不放过。这是一种和聪明人的艺术一样艰难的工作。"这最后这段话,恐怕是可以写进办公室政治读本的。

读莎士比亚,可得往深处读啊。

第3场 | 驯悍未必成冤家

《驯悍记》（*Taming of the Shrew*, 1590–1591）

　　莎士比亚的两部社会风情喜剧《驯悍记》与《温莎的风流娘儿们》，乍一看情节，正好配成一对：前者演的是丈夫驯悍妻；后者是太太戏色男，还顺便戏了一下家里的醋男。把两部戏放一块，男女扯平。那些仅凭一部《驯悍记》就给莎士比亚套上"仇视女人者"大帽子的批评人士，恐怕多少有点儿想偏了。

　　其实，《驯悍记》这部喜剧至少一半的情节，还真让人觉得莎士比亚的确写尽人间婚嫁事。富商巴蒂斯塔为美貌恭谦的小女比央卡招婚，条件却是得先有人娶走有"悍妇"恶名、颜值似乎也不太高的大千金凯特琳娜（凯特），这就让众多前来求婚的人望而却步了。这时，偏偏来了个富少彼得鲁乔，他声称只要有钱，美丑无所谓，悍妇脾气更不在话下。与凯特刚一见面，话题就是两人各有多少财产，婚后生活如何安排，甚至连立遗嘱分财产的事情都已经摆上了桌，俨然是要签"婚前协议"的步调。看到这里，观众一定觉得莎士比亚还真懂当今的做派：爱与情还不知道有几分，先把钱财的事情谈妥了。再往下看去，轮到为小女选婿，待价而沽的老爸颇有相亲角大热门的气度，看着争先恐后挤来的几位公子哥，一个个争着炫富、抢着出价，一个出得比一个高，甚至不惜哄抬虚高的价位，心里却连连后悔，对方真答应了该怎么对付，让人不免恍惚中觉得自己是不是走进了拍卖行。这样的场景，其社会风俗讽刺的喜剧效果，恐怕对于当今社会尤为贴切。

问题出在凯特的"悍妇"之名和彼得鲁乔"驯悍"的那几场戏。凯特以"悍"出名，是因为不具备当时男人心目中理想妻子的标准之一：恭谦，或顺从，或谦卑。（现在呢？）戏里的凯特对冲她颐指气使的人向来就是以牙还牙、针尖麦芒，甚至还说出了"女人若没有抵抗（男人）的意志，那一定会被当成白痴。"这样的话，其实还是挺为女性加分的。

不过，稍微注意一下细节就会发现，莎士比亚在写两位姑娘时并未走极端，即使人设为淑女典范的妹妹比央卡，对来自男性的说教也并非完全逆来顺受，长者教训说淑女该浸润于诗书琴画中，她不耐烦地回应道："你们说也白说，因为那是我自己喜欢做的事情。……我可不会按别人规定的时间行事，只凭自己内心的喜欢。"不也是一位相当有主见、有独立个性的女孩子吗？而且到了最后，怼丈夫的竟成了乖乖女比央卡，丈夫三请四邀，她就是不肯应声出门。虽说这桥段有些牵强，是为了反衬被驯服了的凯特，但在现实生活中，婚前的乖乖女婚后性情大变，应该也不是小概率的事情吧。

当然，被塑造成"悍妇"的凯特不加"驯化"便做不得妻子。于是，彼得鲁乔设计，先用一大堆"美女"称呼让她心理上猝不及防，随后找出各种借口，强行撤下满桌饭菜，将其置于饥肠辘辘之境；再趁她身心俱疲时颠倒是非，指鹿为马，说黑是白，让凯特像被催眠了一样随声附和，指日为月、呼俊为丑、称老为幼；最后，给了她一大段女德训诫，迫使她"自愿"把丈夫称为"主公""国王""总管""生命""守护""头脑""君主"。凯特在戏末时教训妹妹的那长长一段"良妻宣言"，振振有词地声称女人都是"软质材料"做的，应该臣服自己的丈夫，说到最后，竟直言女人应该在丈夫面前卑躬屈膝、双手拂地，简直一个奴才对主子的关系！这样的说教，直接就可以拿来给当今社会某些角落里某些居心叵测的"女德班"做教材了。这也难怪莎士比亚会引起女权主义者的愤怒。

值得一提的是，此刻去读一下《威尼斯商人》里鲍西娅被选中后对巴萨尼奥的那段话，简直异曲同工。那冰雪聪明的鲍西娅，一旦做妻子，不仅把自己的家产全数归了丈夫，甚至还把自己的智商彻底贬了一下，大有不卑不顺不成妻的味道。不同的是，那段话在《威尼斯商人》的剧情里只是个铺垫，且不说现在完全可以拿来当玩笑听（"你还真敢相信啊"一类的），就是在戏中，鲍西娅还有足够的时间和空间来展示女性的智慧和勇气，展示女性以柔克刚以水碎石的力量。

回到《驯悍记》。驯悍这样的桥段，凯特"良妻宣言"这样的台词，当今的姑娘或妻子听了会乐意吗？当今的小伙或丈夫敢这么说这么想吗？现在的观众，已经过几十年妇女解放运动和女性主义的熏陶，对这样的剧情和台词肯定感觉不爽。因此，这出"政治不正确"的戏若不做改动，是断然无法在当代舞台上演出的。有人大幅度删减了最后的"良妻宣言"，有人在念这段台词时用了悲愤交加的语气和神情，差不多把喜剧演成了悲剧，也有人用十分调侃的口吻来念这段台词，想方设法降低它让人不快的程度。还有人觉得，光删改戏里男性强权的桥段和台词不够，索性把剧情人物来了个大对换：或者让男女演员对换角色，或者把夫驯妻的剧情改成了妻驯夫，非让观众看着原先的悍夫被妻子驯得服服帖帖唯唯诺诺而乐不可支，方才解气。

其实呢，我们也不必过于认真。一来，戏里的冲突无非是口角之争，君子动口未动手，没有肢体冲突，更没有发肤伤害，把一出喜剧过度上纲上线，就不好笑了。

说实话，如果不把男女主人公之间的关系想成水火不容，这出戏还是笑点多多的；第二，看戏本来就是"自愿放下一切疑惑"的经验，谁要想把台上的事情等同实际生活或搬到实际生活中去，那真的活该自己倒霉了。再说，你能肯定戏里这对男女活宝不是表面的针尖麦芒，心里却早已相互有意了？虽然这样的情节在莎士比亚后来的《无事生非》中更为成熟，但若能把《驯悍记》中的彼得鲁乔和凯特设想为早已相互有意的一对欢喜冤家，设想凯特是对父亲要支配自己的婚恋事而不满，故意"悍"一下，就是要等着自己的意中人来"驯"自己，顺理成章把自己嫁了，也未可知啊。若这样，恐怕很多对剧情"不合逻辑""胡编乱凑"的疑问便可以得到解释了。

事实上，莎士比亚的《驯悍记》常被认为是一本"不完整"的戏，因为开场戏里说的是一个醉鬼被人耍弄，以为接下来在他眼前发生的事（就是后来的驯悍故事）都是真的。但戏演到最后，驯悍结束，却不见了醉鬼等人的桥段。不少人认为，这个脚本付印时，一定是丢了最后几页（至今仍未找到）。国内曾有剧团演过的一出现代京剧版《驯悍记》，改编思路倒是十分的巧妙，甚至可能更加的"莎士比亚"。编导们"补齐"了莎士比亚的剧情，把整个故事放进了中国传统上的"黄粱梦"框架，让两个其实在家里被驯得服服帖帖的醉鬼凑一块做着美梦，老婆判为悍妇，自己则爽爽地训妻。演到最后，两人梦醒，一看时间不早，想起老婆还在家里等着，赶紧回家报到，还得想好托词应付。

梦境现实，孰真孰假？有道是，假作真时真亦假，驯悍原来是一梦，这也正好应了莎士比亚《驯悍记》中的那句台词："一场满足虚荣的梦想，一个半分钱不值的幻象"。岂不大妙！

/ 莎士比亚驯夫记

《温莎的风流娘儿们》(*Merry Wives of Windsor*, 1597–1598)

　　如果有可能，应该在看完《驯悍记》后接着看一场《温莎的风流娘儿们》，让刚刚为凯特被盛气凌人的彼得鲁乔"驯服"而愤愤不平的人们，看一看聪明女子如何捉弄自以为是的花心男和吃醋男。特别是，戏里的花心男不是别人，正是《亨利四世》系列中那个让人忍俊不禁的胖子骑士福斯塔夫，没有他，莎士比亚的几本历史剧在当今恐怕难逃被人冷落的下场。

　　福斯塔夫之所以能在戏台上下了战场上情场，据说可能还是《亨利四世》上部中的他深得当朝女王喜爱，女王实在不忍看到他在《亨利四世》下部中被圣上冷落，更在《亨利五世》中"被去世"（那部戏中，福斯塔夫连露面的机会都没有，死讯是酒馆妓院老鸨上来传的话），便下令剧团为福斯塔夫写一出纯粹的喜剧。想到当年，福尔摩斯迷们不满柯南道尔让这位大侦探"失联"，非逼着作者让福尔摩斯归来，这两者还真有点异曲同工的味道呢。

于是，莎士比亚就让这个胖子继续发挥独具福斯塔夫特色的迷之自信与厚颜无耻，居然认定天下女子都为他疯狂。他吹嘘温莎城堡里的福德太太对自己一往情深，屡次三番向化了装的福德先生夸耀说，收到了福德太太的私信邀请，要他趁醋坛子丈夫福德先生不在家时前去密访。福德先生不知道那是妻子要治治他醋坛子病的药方，而福斯塔夫更不知自己被福德太太和闺蜜佩吉太太当作教训疑心鬼丈夫的工具，就这样被狠狠耍了几回。

第一次，他刚喜滋滋地跨进福德家门，还没开始向福德太太调情，就被告知说醋坛子福德先生不知怎么地得知夫人在家与人幽会，怒气冲冲半道折返，这时已到家门口。仓皇中，福斯塔夫被胡乱塞进大洗衣筐，劈头盖脸地蒙上了一堆脏衣服臭袜子，连人带物被倒进了泰晤士河。这样，不仅好色的福斯塔夫偷情不成掉进河，疑心的丈夫也被妻子一顿嘲弄责备，不得不连声道歉。

笑要成双。于是，这样的桥段接着又来了一遍。依然是谜之自信的福斯塔夫，依然是醋意满满的福德先生，依然是福斯塔夫前脚进门，刚要动手动脚，便听说福德先生正急急回家捉奸。这一次，福斯塔夫忙乱中被打扮成老巫婆，被早就对那巫婆恨之入骨的福德先生兜头狠敲了几棍子，抱头逃出门去，而那个好吃醋的丈夫福德，也再次被妻子耍弄，以为是捉奸成双，没想到再次扑空，只得向妻子连连赔不是。

看来，好色与吃醋，还真有点儿屡教难改啊。不过，当年的女王看着福德太太和闺蜜如此一箭双雕，把男人玩弄于掌股之间，应该是十分的开心，而当代的女性观众（可能不仅限于女性观众）看着戏中的男人反复被嘲弄，被捉弄，应该也是很解气的吧。最后，无论哪个时代哪个地方的观众中，好色自信如福斯塔夫，醋坛疑心如福德先生，恐怕也不会没有。他们看完台上的戏，会不会有所领悟，在真实的生活中有所改变呢？无论如何，这一次，莎士比亚的福斯塔夫总算能交差了。

当然啦，明眼人一看便知，温莎城堡里狂蜂扑蝶的福斯塔夫，和《亨利四世》中那位混迹于酒肆妓院但依然与"上层"（哈尔王子，后来的亨利五世）颇有交情的福斯塔夫不可同日而语，那些当年围在他身边的小混混，好几个都在，但角色都不怎么出彩了，连那妓院老鸨奎格利太太，在《温莎的风流娘儿们》中也有点儿黯淡无光，只是个拉皮条的角色。但福斯塔夫还在，那身皮囊还在，那个终日腆着胖肚子、酒囊饭袋的中年油腻男福斯塔夫还在，那不由人不发笑的口才也依然让人忍俊不禁。听听他（当然，是莎士比亚塞进这个人物的嘴里的）是怎么说自己那一肚子的油的："我觉得魔鬼也不敢来害我，不然我肚子里那点儿油一着火就把地狱给烧了。"放在今天，怎么也是一个高级自黑，一条好段子啊。

《温莎的风流娘儿们》其实还有一条副线，常常被福斯塔夫的情节遮掉了，那就是贵族人家佩吉夫妇的姑娘安妮与普通人家小伙子范顿的爱情桥段。佩吉夫妇各凭自己的价值标准为女儿选对象，佩吉太太相中了一位法国医生，佩吉先生相中的是法官的外甥，双方竟背着安妮，各自向对方保证一定把女儿嫁给他。可是到头来，自说自话的父母被女儿耍了一把，安妮乘化装舞会之机溜出去和自己心仪的范顿终成眷属。当今那些"真心为儿女幸福考虑"而孜孜不倦地撮合子女婚姻的父母，看到这个桥段，不知会有何感想，但从这样的情节看，莎士比亚与当代、与我们的距离，无疑是拉得很近了。

另有一点，也让人感叹。金钱的考量，其实在任何爱情婚姻中都是一个实际的因素，就看我们如何给以权重了。戏里的福斯塔夫和佩吉夫妇，似乎都只看重金钱地位，所以有那句"金钱打头，大路畅通"的信条，所以有福斯塔夫那句"金钱是个好军士"的话。事实上，哪怕是福斯塔夫想方设法去勾引福德太太，他的最终目标，与其说是色，不如说是财，他是看中了福德太太的钱财，想借私情给自己弄点儿酒钱。就连小伙子范顿，在开始追求安妮姑娘时，也免不了要考虑对方的财产。好在，莎士比亚笔下的年轻人，总是比他们的父母看得更远，想得更真诚，品格更高尚。范顿最后对安妮表白说："尽管我承认，你父亲的财产是我求爱的初衷，但在求爱过程中，我发现你的价值远远高于可以放在袋子里的那些金灿灿的东西"，而临近剧终，小伙子面对丈母娘说的几句话："您要嫁她的法子会让她终身蒙羞，因为那里边半点儿爱都没有。……别说她蒙您，她并未使计谋，不孝顺，她只是想逃避强迫结婚后无数个天理不容的苦难时刻"，更是莎翁笔下理想年轻人的爱情宣言了。

这些话，应该是冲着在剧场里坐着站着的各位观众讲的。不过，真的是可怜天下父母心啊，莎士比亚的话，从英国讲到世界，从四百年前讲到今天，不为所动的依然不在少数，安妮和范顿的故事今天也依然时时发生。这是人性使然，无论古今中外。所以，莎士比亚的戏，今天依然有意思，对我们依然有意义，看《温莎的风流娘儿们》的人们，大多能从台上的人物中依稀看到自己。

最后想补充一点，这部戏名字的中文翻译，"风流"一词多少有点儿误导，很容易把人引到"风流女子""轻佻浪荡"的贬义上去，可这样的理解，真的是委屈了戏里的两位夫人了。她们聪明机智、敏感机巧，但她们从头到尾没有任何"风流"的念头和举动。恰恰相反，是她们凭借自己的聪明才智，教训了疑心重重、竟想买通别人来"试探"妻子贞洁的丈夫，也畅快地捉弄了有色心没贼胆的福斯塔夫，从而维持了家庭关系、人际关系的稳定。即使佩吉太太一开始反对把女儿嫁给范顿，那也是为了女儿更好的未来，也为了弄明白，范顿是否是一个可以依赖的好青年，而且到了最后，她明白了两人的确真心相爱，也就痛快地祝他们婚姻幸福。这样的女性，哪里能与"风流"扯上半点关系？

因此，《温莎的快乐娘儿们》，恐怕才稍微贴切一点儿。

第5场 | 有爱何须"劳"

《爱的徒劳》（*Love's Labour's Lost*, 1594–1595）

　　《爱的徒劳》是在剧院做学徒的莎士比亚交给观众的第二部作品，与前一部喜剧（《错误的喜剧》）同年出版，但可能于1597年秋冬已在宫廷里演过了。故事哪里来的，从未有定论，但从辞藻的把玩、对话的机智以及剧中人物间不停的辩论话题（肉与灵、享乐与教育、艺术与自然等）看，他的借用或模仿都来自当时盛行于英国的宫廷剧，而他借剧中三位妙龄女子之口所尖刻嘲弄的，也正是当时浅薄的爱情十四行诗及假面舞会的风气。此剧一方面以其英国本土特色与前一部罗马风格的喜剧形成对照，又是在语言、情节等方面预示着这位天才学徒成熟成材期的作品。

从一开始，剧中的四位主要男性人物就为自己设下了一个两难的陷阱：一个违背天性的禁欲誓约：为名誉（那是宫廷与骑士精神的基石）而远美色（那是正常人的追求）。四人都是宫廷贵族，名誉是追求的对象，是身家性命，万万不可抛弃，但他们忘记了自己首先是人、血液中、无意识里，流的必定是人的自然属性。他们的誓言，背则违反骑士精神，守则违反人类天性。无论立誓的目的是虚无缥缈还是实实在在的追求，几位才俊能把自己栽进这么一个进退两难的境地，已经让观众领教了他们的愚不可及，即使后来没有饱受四位女子的狠狠调侃，观众也已经开心地把他们啐了个够。今天，无论目标是学业升迁还是恋爱婚姻，不时要"励志""立誓"的人们，可得学乖一点儿了。

即使是学徒时代的莎士比亚，对人性的观察也是相当犀利的，在男女情爱一事上亦如此。《爱的徒劳》让人击节感叹的地方之一，就是我们突然领悟，今天各种媒体相亲节目中小伙子也许真诚但往往可笑的求爱方式，无论是语言还是行为，大多可以在莎士比亚中找到原型。

明明是自己设禁不许那几位女士进城，却要向她（们）这样表白："虽不能请你进屋，你却一直在我心里"（有虚伪之嫌）；纳瓦尔偷偷给法国公主送去胸针，外加一片两面写满情诗的树叶（有创意）；在众男子将禁欲誓言抛在脑后、冲着姑娘们诗兴大发的四幕三场中，纳瓦尔用诗句表达自己爱不能得的"痛苦"与"忧伤"，字里行间透着哭与泪；贵族公子朗格维尔对着暗恋的情人玛丽娅念起了十四行诗，对姑娘的眼睛先是一番描绘，后加一番赞扬，还言之铮铮地说："失信而赢得天堂，连傻瓜也会毫不犹豫"，不知道有没有意识到，他自己正是这样的傻瓜；另一位公子杜梅因则更是把说好的十四行诗拉到了二十行，对心中面前的凯特来了一番花之喻。再看看那几句"此生就为为你服役而生""你是大树我是树皮"（是永远缠着你不离不弃的意思？还是永远替你遮风挡雨的意思？）"你的机智让聪明人显得愚蠢"（这是拍马屁的步调，当然正如谚语：千穿万穿，马屁不穿）"你们的阳光让我们黯然失明"（和意大利歌剧中"我的太阳"是一个步调），是不是可以直接拿来写在给女朋友、情人与老婆的贺卡上？当然，对方是笑，是纳，还是笑纳，就因人而异了。

和这几位无论是情感还是心智似乎都尚未成熟的公子相比，剧中的几位姑娘倒显得睿智老到。莎士比亚没有将她们写成"跌入爱河"的年轻女子，相反，尽管她们天姿与天资同样出色，她们却头脑清醒，始终控制着整个局面。她们一开始就看出了纳瓦尔城里几位公子"禁欲誓言"的荒唐可笑，也一眼看穿了他们对自己十分尴尬地欲言又止的爱慕。她们心安理得地用语言与小计谋"调戏"着那几位年轻男子，而事实上，她们是在"调教"那些尚未准备好跌入恋爱与婚姻的男子。她们告诉对方，"人不美，赞无益"，美貌自然，何须辞藻。虽然紧接着的半句"送钱的手，虽气味难闻仍有人夸"是出于真心还是调侃尚且待考，就像玛丽娅嫌弃朗格维尔送她的项链太短，还不如他写的情书长。女孩子的心机，懵懂的男生哪里能听得出来。真有意思的是，我们会发现，人类（特别是年轻人）的行为，从莎士比亚到现在这四百多年来似乎没什么长进，我们周围的姑娘还是那么睿智，我们周围的男生依然那么懵懂，要看到男子汉，总归要再耐心等待一段时间的。这就是人类。

当然，男生里面也有看得清一点儿的。那个博朗尼，倒是个能说出一些有道理的话的人物，和其他几位不太一样，只是，他的道理都包裹在笑骂和粗俗里面。比如：他对其他几位老要赞扬姑娘的容貌不以为然，说"能叫卖（赞扬）的都只是物品"，显然不满于将女孩子的容貌当值钱的物品来吆喝；他还对那个誓约耿耿于怀，认为它有违人的天性，并为"爱"辩护：没有爱，学什么？爱能激发学习热情，促使脑子里各种元素活跃起来，反而能使人加倍努力，学习效果加倍地好。这些话，现在的高中（甚至初中）小男生听了，应该是很能往心里去的吧。博朗尼对女孩子眼睛的赞扬，倒也少了那种陈词滥调，他说，那是书本、是艺术、是学问、是世界（同意的点个赞吧）。还有，他关于在学习上过度用力反而得不偿失的论调，"学习过头，等于没学。就像拼命攻城，城池得手，却力尽而失"，对整日埋头功课无暇他顾的学子和家长们，似乎也有点儿提醒作用。

这部戏，主要靠机智的对话和完全可以用舞会表演出来的情节片段取胜，嘲笑宫廷上矫揉造作的爱情，赞美发自天性发乎内心的爱。喜剧以两首咏唱时令的歌曲结尾："春之歌"与"冬之歌"。虽然歌曲中的自然风光与常人想象无异：春光明媚，春景处处，对应着北风呼号，白雪皑皑，然出人意料的是，大好春景最后来了个搅局的"布谷－布谷"的布谷鸟（英文里布谷鸟的叫声与"让人戴绿帽子"一词相近），而随着"冬之歌"而来的猫头鹰，却诠释了家的温暖与舒适：任你室外面北风呼号，白雪覆盖了宅屋，挡不住室内一家人炉火熊熊，煮汤炖肉，把盏交杯，一派温馨的田园家庭生活。现在看，依然有着浓浓的暖意和有趣的教益。

回到这部喜剧并不太达意的中文剧名翻译《爱的徒劳》。原来，英文原文的意思并不是"徒劳无功的爱情努力"，而是说：为"爱"而"劳"，终属徒劳。因为爱本发自内心，起乎天然，无论是在爱意初起还是情意传达阶段，若过分造作矫饰，过分用心用力，到头来恐怕得落得一场空。想想现在，有多少"爱情专家"给恋人支招，如何示爱表意，如何设计"巧合"，如何规划未来生活，可真正发乎心动于情的爱，真正"让我一次爱个够"的激情，有多少人体验到？所以，莎士比亚的又一部学徒作品，即使在今天，哪怕读读其中的"语录"，也是能让人有所感悟的。

不作不做不成爱

《无事生非》 (*Much Ado about Nothing*, 1598-1599)

　　莎士比亚的《无事生非》，演的是两对恋人的故事。贝特丽丝和班尼迪克这对是欢喜冤家，两人针尖麦芒，每次见面都是满嘴的俏皮和互损，两人各自的哥们儿或闺蜜苦心做局撮合，最后发现都是多余，他们的无事生非之举，恰好应了这样的剧名：爱本无事，何须生非。

　　戏里的另一对则有金童玉女之嫌，希罗和克劳迪欧是门当户对的金玉良缘，两人从见面定情，一路没斗过嘴，没黑过脸，直奔订婚结婚而去。可就在两人订婚前夜，一个内心阴郁的家伙跑去克劳迪欧面前，让他"目睹"了未婚姑娘希罗"与野男人调情"的一幕，活生生地把好局搅翻了天，第二天双方见面时，不仅克劳迪欧突然翻脸，对姑娘一顿恶语相向，连姑娘自己的父亲也不问究竟，觉得颜面尽失，竟诅咒女儿不如死了才好，几乎让事态泼水难收。这要放在《奥赛罗》里，那就直奔悲剧而去了。好在这是喜剧，莎士比亚这里一拨那里一弄，坏人落网坦白，好人真心忏悔，姑娘死（晕过去后被人藏了起来）而复生。最后，两对恋人终成眷属。因此，这部戏的标题也许还可以读成：因无事而生非。

《无事生非》中贝特丽丝和班尼迪克的爱情桥段告诉人们一个浅显的道理：恋人斗嘴未必成仇。戏里的这对，完全就是"欢喜冤家"的化身。贝特丽丝和班尼迪克相互颇不待见，一见面就针尖对麦芒地吵个没完，两人还指天发誓，说宁愿一辈子不娶不嫁，也绝不和对方走到一起。却不知，各自的真性情就这样流露出来，把两人拉到了一起。戏中班尼迪克和贝特丽丝分别落入同伴设下的陷阱而吐露真心，这样的场景能让观众捧腹，无不是因为这些人物在台上的愚蠢举动让看客们有了幸灾乐祸的心情：原来针尖麦芒下面藏着满满的爱啊！当事人（以及周围不少的吃瓜人士）也许并不明白，斗嘴能斗到这个份上，斗而不散，斗习惯了，没斗找斗，那不是缘分还是什么。因此，见男女（无论是情人还是夫妻）掐架，旁人可不要急着做老娘舅。这对欢喜冤家的桥段再次证明，地球本来就是圆的，背向走到足够远，结果一定是面对面。想想也是，两人真要换了安静柔顺的另一半，恐怕还真无法适应，处处觉得不对路子了呢。

现实中，爱情婚姻中公认的"绝配"常常会出问题。第一，这样的配对往往是别人（比如操心的父母）按身份卡上的数字配的；第二，当事人往往没有足够的机会真正处一处，甚至吵一吵，不经风雨的爱，太弱了。《无事生非》里的另一对"天赐良缘"希罗和克劳迪欧，差一点儿喜事成悲，多半是这个原因。小伙子克劳迪欧，怎么就那么容易信别人的谗言，轻信得也太不合情理了，结果差一点儿毁了一位好姑娘，也毁了自己的好事。说实话，戏里剧情突变时，姑娘的父亲也对女儿破口大骂那一段，还真不像是宠爱"前世情人"的老家伙说得出口的，把它读成戏台上的人物教训观众中的父亲和也许改头换面藏在剧场中看戏的女孩子们，恐怕更为贴切。

对现场观剧经验不多的读者而言，读读剧本中的文字，也能不时会心一笑，因为莎士比亚总能触动那根当代和本土文化之弦，让人觉得他的戏，实在是为我们的这个时代、为生活在地球这一方的我们而写的。《无事生非》中的贝特丽丝振振有词的那句"男人都是泥做的，我不要。一个女人要把终身托付给一堆道旁的烂泥，还要在他面前低头伏小，岂不倒霉"，让我们未免有点时空穿越的疑惑，曹雪芹是不是也读过莎氏剧本？只不过贝特丽丝这样的豪爽，似乎安不到大观园里的林妹妹们身上。

当然，台词里的妙语也不全关乎恋爱婚姻。班尼迪克有些自恋，他如此回应别人的不以为然："当今之世，谁要是不趁自己未死之前预先把墓志铭刻好，那么等到丧钟敲过，他的寡妇哭过几声以后，谁也不会再记得他了。"想想也是啊，在过去，传记这类墓志铭式的东西若不是传主身后之物，起码也得是写人生之路已将到尽头之人，可现在社会发展快了，人们的心态也跟着急了，年纪轻轻的就学班尼迪克的样（人家那是在开玩笑），理直气壮地找人写开了传记，还真不管吉利不吉利呢。

如果你是当下电视相亲节目的忠实观众，而你又在《无事生非》中听见班尼迪克嫌贝特丽丝"太矮了点儿""太黑了点儿""（体型）太小了点儿"，竟至于开列出了"有钱、聪明、贤惠、美貌、温柔、人品、会说话、精音乐、头发必须是天然颜色的"所谓"完美情人"条件，你一定会想，电视上参加表演的各位外貌协会会员（没有性别之差，因为现在男女平等），一定是读到了莎士比亚塞进班尼迪克嘴里的这些玩笑话，才去如此给别人洗脑或无意识中被人洗脑的。其实，那全是班尼迪克的夸张和玩笑，是他有意要杀杀贝特丽丝的"傲气"，不能当真的。当然，除了"头发必须是天然颜色的"一句，因为那倒是在爱美之外，更出于为对方的健康着想：更环保、更安全、也更本真。

不过，《无事生非》中也有些细节，推敲起来的确有点问题。《无事生非》演到高潮，受了不白之冤的希罗当众昏倒，醒来后，神父让她假传死讯，躲起来暂避风头，说这是"以死求生"的良策。稍稍留意一下，我们未免要问，为什么无辜的姑娘要为被人造谣污蔑的"失贞"付出生命代价？将女性的"贞操"与生命价值等同起来的，不正是男权社会的游戏规则吗？而这样的喜剧场景，是不是使男权思想对女性及所有男性的洗脑更进行于不知不觉中了呢？

尽管莎士比亚是把娱乐当产业来做的，因为他要靠票房来生活，但是，他的戏剧娱乐也好，产业也罢，其中依然充斥着各色深刻的"放之四海而皆准"的问题，《无事生非》中恋人们"作"也好，身边好事者们的"做（局）"也罢，到头来，还是得当事人心头有自发的爱，得两人间有那么点"化学反应"。说到底，恋爱的事，不仅旁人帮不了，就是当事人，也可能一时意识不到。缘到了，自然成。这一点，是不是和《爱的徒劳》有几分类似呢？

第7场 | 自在林间梦一场

《仲夏夜之梦》 (*A Midsummer Night's Dream*, 1595)；
《皆大欢喜》 (*As You Like It*, 1599-1600)

在莎士比亚的浪漫喜剧中，森林总是一处能变出五色爱情的魔幻境界，无论是《皆大欢喜》中的亚登森林，还是《仲夏夜之梦》中雅典城外那片近乎仙踪的神奇绿荫。森林，是造化的天成自然，不见斧凿之匠心；是纯粹的幽壑荒野，不留人类之痕辙；是侠盗出没之处，不需宫廷礼仪之矫饰；是随心怡情的牧歌田园，不似锁人身心的高墙深院；是想象与现实的伊甸园，对照着物欲横流人心叵测的人世间。所以，《皆大欢喜》中罗萨琳西莉娅姐妹说，离开宫廷进入森林，那不是逃跑，更不是被"废黜"，而是"走向自由"；所以，《仲夏夜之梦》里的精灵人物们在雅典城外森林里做了那么一场五光十色似醒似梦的游戏；所以，莎士比亚的这两部戏，让演戏的看戏的，恍惚间都觉得自己梦游着进了林子，男欢女爱，纯情盎然；所以，《皆大欢喜》里被篡位的老公爵在林子里如此宣告："来吧，我流亡生活中的兄弟和伙伴，难道旧时的习俗没有使我们比生活在宫中礼仪的约束下更加快乐？这里的一草一木，难道不比嫉妒充盈的朝廷更让人自由自在？"

不过，两部戏里，人们进林子去的缘由不太一样。

《皆大欢喜》戏还没开，兄弟阋墙的事已经演过，老公爵被弟弟弗雷德里克篡了位，罗兰爵士三个儿子中大儿子奥利弗视小弟奥兰多为仇敌，不禁让人想起后来如出一辙的《暴风雨》和《泰尔亲王配利克里斯》的开篇。不过，父辈的事，男人的事，似乎并未影响到下一代姐妹。戏中两位姑娘（老公爵的女儿罗萨琳和篡位弟弟的女儿西莉娅）不但未因父辈交恶而反目，妹妹连嫉妒心都不生一毫，可着劲地夸姐姐罗萨琳集美貌智慧于一身，字里行间真情流露，没藏着半点现代职场甚至某些家庭里司空见惯的因嫉妒而起的讥讽与揶揄。后来，罗萨琳追着被篡位公爵赶出领地的奥兰多，直奔亚登森林而去，妹妹西莉娅没有半点犹豫，骗过老爸，化装成小跟班随着姐姐就上路了。

水做的纯净女人，反照着泥堆的男人那龌龊的世界：篡位公爵迫害奥兰多的理由，竟是不喜欢被自己篡了位的兄长。另外，他安排了一场角力，请来号称武功了得的武师，想借机让奥兰多出丑，也顺便让罗萨琳丢了面子。没想到，奥兰多一个回合就把那位不可一世的武师打翻在地，不仅让弗雷德里克本人颜面无光，还隐隐感到了威胁，因此一逼一赶，奥兰多便直奔亚登森林去了。

在《仲夏夜之梦》里，开场时的城市（雅典，男人的世界）依然是一个凶险的地方，违背人性的法律竟然规定，女儿在婚事上若不按父母之命，有可能被处死刑！赫米娅爱的是莱山德，可父亲却命令她嫁给另一个贵族青年德米特里，否则要上诉到公爵那里，判她死刑！而姑娘海伦娜一直爱着德米特里，后者却百般推脱躲避。出自天性的爱横遭法律和父辈的阻拦，或遭遇没道理的拒绝，大家先后出城向森林逃去。

一进森林，各位似乎都陷在了温润迷蒙的仲夏空气之中，每个人似乎都有点头脑不明，神志不清，个个做起了南辕北辙的事情：仙王奥伯朗和仙后泰坦妮亚为一个跟班的事吵个不停；好姑娘海伦娜就在身边，德米特里的眼睛却老盯在赫米娅身上；明明与小伙子莱山德两情相悦，在林中草地上躺下的赫米娅还是坚持要他睡远一点儿。大伙就这么浑浑噩噩你追我赶进了林子，玩闹的玩闹，做梦的做梦，想着在虚无缥缈之中，摆脱真实生活中的烦恼，哪怕一时也好（说到这里，难道我们自己生活中就没有经历过类似的迷蒙，没想过也去森林或大自然里别的什么地方走走吗）。

　　尽管两部戏的剧中人去林子的缘由不尽相同，剧情却大半相似，都是在林子里上演，而且都是聪明伶俐的姑娘对着真情愚钝的小伙子。姑娘们在林子里，显然少了很多在城里和宫廷上的约束，张扬自我、言无所忌、行无所约。《皆大欢喜》中的罗萨琳和西莉娅对男生绞尽脑汁写出的情诗尽情嘲讽，对男生发明的把情诗挂在一棵棵枝桠上的做法嗤之以鼻，让人想起《第十二夜》

中薇奥拉对傻傻的男生写情诗的嘲讽性模仿。莎士比亚的爱情学堂，还真值得许多男生来上一上的！

莎士比亚浪漫喜剧中的女生，始终展露着女孩子的直率、纯情和成熟，在爱情上，她们永远是公主，是女王，更是那些年龄虽然相仿但心智情感都欠成熟的男生们的教科书。不难看出，《皆大欢喜》等戏里的青年男女，虽然是一群俊男靓女，却更是一群傻男慧女。这是莎士比亚浪漫喜剧的老套子爱情，却依然耐看，趣味无穷。更有意思的是，看看当今大小荧屏上的所谓"偶像剧"，不也多是傻呵呵的小伙子遭遇聪颖亮丽的女孩子吗？不过，相似仅限于表面，无论台词还是机巧，恐怕大多数的"偶像剧"还是被甩了好几条街的。

林间无王法，仲夏宜狂欢，这就使舞台上的一切人和事都陷入了"乱"与"趣"，陷入了真假难辨的境地，搬演着一出出"假作真时真亦假"的好戏。

拿《皆大欢喜》里的罗萨琳来说吧：按莎士比亚时代规矩，女人连剧院都进不得，更别说上台演戏了。所以，莎翁戏里的妙龄姑娘，全由白面少男们扮演，用今天的话来说就是"小小鲜肉"，连变声期都还没过呢。

"小鲜肉"男生女扮上了台，进了戏，有意思的地方就来了。按剧情说，森林乃野兽精灵出没之地，间或还有什么侠客强盗，女孩子家不宜独自闯荡，这样一来，扮个男生相就顺理成章了，但要从演戏上说，这不就是改回到真身去了吗？小演员甩掉发套，脱去束腰女装，演起来不就更放松了吗？可是，对台上台下的人们而言，姑娘还是小伙，那到底哪个身份才是真的呢？更过分的是，莎翁似乎生怕混乱不够，还让这装扮成男生的罗萨琳让恋着自己的奥兰多把"他"当成"她（罗萨琳）"，逼着奥兰多向"她"表达爱意并许下婚礼誓言。啊呀，这婚礼到底是真是假？如果我们都知道莎剧中的女性角色都是男生扮演的，那这一段到底是男生爱女生？还是男生爱扮演女生的男生？还是男生爱男生？谁跟谁啊？晕菜！这样的桥段，如果写成"由男演员扮演的女性角色因剧情需要改扮男装并让剧情中爱着自己的那位男生把表面上不是自己的自己当成实际上就是自己的自己并向这样的自己示爱求婚"，与相声里的贯口有一拼啊。

在《仲夏夜之梦》里，这样的"混乱"完全是帕克想当然地滴错了那据说有神奇力量的爱汁的结果。帕克是好心，想撮合闹气的情侣，却算错了时机。他想撮合情人，把爱汁滴在莱山德的眼皮上，结果莱山德醒来看到的第一个人却是海伦娜，于是立刻就爱上了她，把海伦娜弄得一头雾水。等赫米娅醒来，发现原来苦苦追着自己的老实人莱山德竟然爱上了自己的闺蜜，简直不敢相信自己的眼睛和耳朵。眼皮上被滴了爱汁的德米特里，第一眼就看上了自己一直拒斥的海伦娜，结果，刚才这两位男生还都在追赫米娅，一转眼都"抛弃"了赫米娅，疯狂地追起了海伦娜。就这样，台上几对情侣闺蜜相互错爱，相互指责，吵成一团。观众们听着台上姑娘痛斥男生薄情，有谁会把这样的吵架当真？有谁会急着前去劝架，而不是抱起胳膊恨不能多听听这姑娘家如何骂人，多看看呆男生如何受气？因为大家心里清楚：那气那骂，都是假的，因为都是误会；那气和骂，也是真的，如果真实生活里发生了这样的事，这些气和骂都会一股脑地倒在犯事的主儿头上。事实上，现实生活中，恋爱谈着谈着，发现爱上恋爱对象的闺蜜，这样的情况好像也不是什么新鲜事了。有这样经历、或自己朋友圈里有人有这样经历的，来读读莎士比亚的《仲夏夜之梦》，会不会觉得莎士比亚就取材于他们的生活经历？

《仲夏夜之梦》属莎士比亚早期作品，是一出主要供视觉享受的庆典喜剧，戏中的热闹与狂欢及众多现在看来有些无厘头的剧情，在一定程度上更取悦于看戏的人们。特别是那一群在雅典城外树林里寻欢作乐的三教九流之徒，以及仙王仙后和小冒失帕克，这些角色也许会让读者失望，因为他们的段子并没有为思想或情感提供足够的食粮，但观众一定开心，因为他们营造出并烘托着全剧如梦如幻的浪漫情境。戏中，赫米娅的父亲责怪莱山德勾引自己的女儿时说："你写诗句给我的孩子，和她交换着爱情的纪念物；在月夜她的床前你用做作的声调歌唱着假作多情的诗篇；你用头发编成的手镯、戒指，虚华的饰物，琐碎的玩具、花束、糖果，这些都是可以强烈地骗诱一个稚嫩的少女之心的信使，以此来偷得她的痴情"等等。读到此，相信会有人恍然：当今各种八卦里传得沸沸扬扬的廉价信物，原来不过是莎士比亚时代偷情信物的山寨版本。

女孩子之间，看对方，看自己，那心思旁人不太看得懂，可莎士比亚却能准确而巧妙地把握她们的心理活动。《仲夏夜之梦》里的那对好闺蜜发生了误解：赫米娅被抹了爱汁，错爱上了海伦娜爱着的德米特里，海伦娜撞见了正向德米特里示爱的赫米娅，顿时醋意大发，对闺蜜一阵冷嘲热讽，斥责她是"骗子、伪装者、装傻装可怜"，赫米娅则拼命为自己辩解，说"那不是我的错"，海伦娜立刻驳斥道，"是啊，不是你的错，那是你美貌的错。但愿那是我的错"。吵嘴的时候还悄悄承认自己的确不如赫米娅漂亮，这样的小心思，也没逃过莎士比亚的注意。这样的写法，是不是让人想起曹雪芹写大观园一众女孩子的细致入微呢？

森林、夏夜、幻梦，滋润了爱情，也成就了爱情。戏演到最后，雅典国王忒修斯等人也进了林子，见到年轻的男男女女各自情有所属，受到感动，便提议伊吉斯和赫米娅父女和解。他感叹道，"恋人和疯子的想象，超越了冷静的理智，充满着想象力。"这句话，大概可以看成是"爱情盲目"的另一种表达吧。总之，森林战胜了城市，人性战胜了恶法。

不过，雅典城外森林里的那一幕幕，是现实，还是梦幻？戏到结局的时候，莱山德说自己"半睡半醒，不知道自己是怎么到林子里来的"，德米特里则一脸茫然，说自己"不知道怎么爱上的赫米娅，也不知道怎么就爱回了海伦娜"，赫米娅说得十分形象："我觉得我是半睁半闭这眼睛看见这些事情的，一切都是重影。"是啊，我们眼睛半开半合的时候看见的也是重影。哪个是真像，哪个是幻影，还真不好说。至于海伦娜，还是心系自己的恋爱是否真有了归属，她说，"德米特里就是一颗珠宝，属于我，又不属于我。"到底属于谁呢？恍惚了。最后，还是德米特里一句话做了总结："我们睡了，我们做梦了。"

如果说《仲夏夜之梦》以欢闹取胜，《皆大欢喜》倒更多了些妙语横生。剧中罗兰爵士那个向来被人觉得有点抑郁的二儿子杰奎斯，尽管说话不讨人喜欢，其实大都生动形象，切中要害。他那段人生七步曲的宏论，早就成为传世趣谈，大意是：世界即舞台，男女皆戏子，上台又下台。一人演数角，场景共有七。首先是婴孩，乳母怀中啜；随之做学童，蹒跚不情愿；接着成恋人，苦叹泪涟涟；然后去当兵，勇气加暴烈；往后当法官，肚大腰已圆；演到第六幕，枯瘦步履艰；最后那一幕，撒手离人寰。真的很让人看破红尘的。

杰奎斯另外还有一些话语，恐怕更能直直地勾起现代人内心的回响。比如他说，人进入森林是对自然的"篡位"。可不是嘛，一旦旅游开发进大森林，多半是要砍了树，割了草，填了沟壑，赶跑了走兽飞鸟，硬生生地为人自己的需要而篡夺所有动植物"原住民"的权利。因此，谈开发森林资源，是不是该问问杰奎斯怎么想？或者说，要不要谈谈杰奎斯的生态主义观点或生态女性主义观点？要不要把杰奎斯认定为这两个当代重要思想理论的先驱？

还有，聪明绝顶的罗萨琳也是快人快语，说话常常在意料之外情理之中。她说游山玩水之人是"卖了自家的田去看人家的地"，和现在流行的"旅游就是离开自己住惯了的地方去人家住惯了的地方"如出一辙。罗萨琳还说，若游走世界却一无所获，等于是"只饱了眼福，却空手而归"。当然，她所谓的"获"，是经历，是经验，是成熟，可不像当今的不少的人，他们要去看的，实在并非人家的地而是人家的店；他们卖掉自家几亩地，换来的更多并非眼福，而是满箱满包满手满肩的货。人家的地，收在手机相机里，回家后已如梦一场，管不得哪里是哪里啦。

不过有时候，这样的真真假假，若不去读上下文，听话外音，很容易就望文生义了。如曾被歌德赞美过的那句莎翁在《皆大欢喜》里借罗萨琳之口"赞美"智慧女性的台词，说女人聪明，关也关不住，你"关上门，它从窗里飞出去；关上窗，它从锁眼里钻出去；堵上锁眼，它还能从烟囱里冒出去。"再想想，从《皆大欢喜》到《仲夏夜之梦》，从《第十二夜》到《威尼斯商人》，莎翁笔下的女性的确个个智慧机敏，远胜于许多木讷粗俗的男子。可找回去再一读，特别是接着多读一两句，你就会发现，那是男演员扮演的少女罗萨琳在戏中装扮成男生却又让奥兰多把"他"当梦中情人罗萨琳的那一位，用男生的口吻念着男人莎士比亚的台词在教训奥兰多：你将来可得好好看着你家里的那位太太啊。女人太聪明，"别让你老婆聪明到邻家床上去啦"。弄清楚了吗：到底是男人还是女人在说话？莎翁钦佩尊重女性，莎翁塑造优于男性的女性，到底是真是假？

莎士比亚喜剧中的浪漫爱情，其实十分地简单直率，比不上古今中外那些情节如回肠九转、令人感伤悲催的作品，不过他的几部浪漫喜剧倒也展现了爱情的五光十色。《皆大欢喜》里的爱情，是执着，也是姑娘给小伙上的爱情课；《仲夏夜之梦》里的爱情，是爱着的不能爱、不爱的偏要爱，两对年轻恋人我躲你追，一番雅典城外树林里的神奇经历之后，终于理顺情感归属，爱情各归其所。其他的几部，咱们另外再聊。

当然，森林不仅滋润爱情，也能荡涤心情。心里郁闷的，进了林子立刻轻松畅怀；心里有恶念的，才到了林边就顿悟幡然。《皆大欢喜》里，无论是把哥哥赶下公爵位子的弟弟弗雷德里克，还是试图到林子里来除掉弟弟的奥利弗，都是林边顿悟，高高兴兴地丢了权位消了气，自在逍遥去了，而《仲夏夜之梦》则以林间一场欢快的化装舞会结束全剧，是梦还是现实？就像帕克在终场辞里对观众所说："如果我们搅乱了夜的宁静，这么一想，也就能心安理得：台上形影出没之时，各位只是睡了过去；戏里毫无意思的故事，其实只发生于梦中，各位看官，请勿责怪我们。"

城市和森林，物欲与心情，到底哪里是梦境？到底是谁在做梦？或者：真有必要弄得那么清楚吗？

第8场 | **样样错，何来喜**

《维罗纳二绅士》（*The Two Gentlemen of Verona*, 1589-1591）；
《终成眷属》（*All's Well That Ends Well*, 1606-1607）

都说喜剧因错得喜，莎士比亚的那部《错误的喜剧》，从标题起就把这一点说明白了：身份错、说话错、反应错、结果错，台上错得越离谱，台下观众越开心。他的另外几部浪漫喜剧，都是靠孪生兄妹、女扮男装等手段，造成身份误会，赢得观众的哄笑和掌声。当然还有流量和票房。

人常言，莎士比亚喜剧多以浪漫恋爱始，以美满婚姻终，此话不错。可这句话反过来，还真难让人口服心服，如他"学徒时期"的《维罗纳二绅士》和"成熟期"的《终成眷属》，两部戏演到最后，男女主人公也都终于走到一起。可是，撇下结果，看看过程，发现戏中的绅士干尽了下作的事情，台上的淑女竟要靠骗床（趁黑冒名顶替另一女子与男主人公上床）逼来奉子成婚。这样的"喜"，真得让人发一声"何喜之有"的感叹；这样的婚姻和夫妻，不知现在的男男女女看后作何感想？这样的戏一上台，是引来欢笑还是招致嘘骂，恐怕得看编剧导演怎么玩转莎士比亚了。

先说《维罗纳二绅士》。

瓦伦丁（与"情人节"同一个词）与普罗特斯亲如兄弟，前者远行米兰，追求功名与爱情，在那里遇上了美女西尔维娅，跌入情海。普罗特斯原本因深恋朱莉娅而留在维罗纳，却架不住父亲连劝带逼，也去了米兰。临别时对女友信誓旦旦，说一定按她的要求时时叹息，天天思念，差不多就是当今某一类剧里"你每天都要想我一百遍"的祖宗了。可是他到了米兰，一见西尔维娅，立刻背弃了友情和爱情（就一见钟情、立抛前爱而言，后来的罗密欧也做过同样的事情，只不过被他抛弃的前任并没有什么戏份而已）。他先是不惜出卖朋友，向公爵告密瓦伦丁与西尔维娅的私奔计划，逼走了浑然不知情的对手，接着不顾姑娘的严词拒绝，以病态的顽固强势求爱，甚至差一点就对她造成实际的人身侵害。逃亡林间的瓦伦丁幸遇侠盗，仅一面之交便被推为帮主，后来喽啰们截到了迷路林间的西尔维娅，要径直送给他做压寨夫人。可演到最后，普罗特斯撞见了昔日朋友瓦伦丁，剧情竟然发生秒转，就凭着区区五行台词的忏悔，观众还没回过神来，加害人普罗特斯竟然得到了事主瓦伦丁的宽恕，并与他友情重续。西尔维娅也原谅了他的邪念之举，连被他抛弃的前女友朱莉娅也前嫌尽释。今天的观众看到这里，心里难免纳闷：喜从何来？硬要把这样的剧情走向往喜剧上扭，学徒小莎是不是有点过分用力了？

再看《终成眷属》，问题似乎更大。

女主人公海伦娜父母双亡，是个孤女，她出身卑微，但美丽乖巧，被老伯爵夫人（罗西庸伯爵伯特兰的母亲）收作养女，还全力支持她向自己的儿子即伯特兰表明心迹。恰逢国王病重，一干太医束手无策，惶惶不可终日。海伦娜自小随父学医，此刻斗胆自荐，向国王保证数日内定能妙手回春，条件是，一旦成功，允许她在朝廷上贵族青年中任选夫婿。她果然手到病除，遂言非伯特兰不嫁，这对地位高贵心气高傲的伯特兰而言，不啻一声惊雷：如此门不当户不对的婚姻，简直要让他三观尽毁，颜面全失。可君主允诺既出岂可收回。在国王高压之下，他违心地匆匆完婚，把妻子支使回家，自己径直上了战场，颇有宁死不圆婚的壮烈。临行时他对海伦娜丢下一桩"不可能的使命"：你若能拿到我指上之环，腹中能怀我的后代，我便认了这桩婚事。于是，怀揣梦想的海伦娜改换装束，只身尾随丈夫前往意大利，在那里遇上了同样身处底层的美丽女子戴安娜（贞洁女神的名字！），并得知丈夫正企图与其发生婚外之情。海伦娜挑明真相，深明大义的戴安娜答应帮其圆梦，前去偷来戒指，又设下陷阱，让海伦娜顶替自己摸黑上了伯特兰的床，用她自己的话，去"用恶劣的手段做合法的事情，用合法的手段做恶劣的事情"——插一句，这样的桥段，莎士比亚在《一报还一报》里也用了，摄政安哲鲁想睡的是伊莎贝拉，却被调包成了他的前女友，种下后果，不得不勉强同意娶了她。此事别论。

《皆大欢喜》演到最后，剧情连连地神奇反转。伯特兰先是发现自己与戴安娜交换的戒指竟套在了海伦娜的手指上，随后被告知海伦娜肚子里怀着的就是自己的骨肉，不得不接受了这一段眷属之约。海伦娜逆袭成功，进入贵族行列，她的欢喜当出自内心。看看当今我们周围，得莎氏真传，为事业金钱地位屡屡使用而成功上位者，恐怕不在少数。不过这么做也不见得都能成功。文学史中，那些试图嫁入豪门的姑娘，多以悲剧结尾，读读英国作家哈代的《德伯家的苔丝》、美国作家德莱赛的《嘉莉妹妹》等，就可明白。不过，即使海伦娜们笑到了最后，伯特兰们会开心吗？对他们而言，喜从何来？

当然，除去这样的较真，莎士比亚这两出戏即使现在也是耐读耐演耐看的。那出学徒之作《维罗纳二绅士》，种种喜剧噱头齐备，差不多包含了莎氏后来浪漫喜剧的所有种子：女扮男装、摸黑骗床、戒指交换、无意偷听、身份误会、出入森林、诫匪侠盗、言非所指，诸如此类，都成为莎翁后来制造悬念冲突及增添喜剧气氛的拿手桥段。

比如公爵设计揭露瓦伦丁要与自己女儿西尔维娅私奔的那一段：公爵假意向瓦伦丁"讨教"，说自己暗恋着一个姑娘，可姑娘的父亲看管甚严，就是想不出什么办法可以前去和姑娘幽会。瓦伦丁就水到渠成地教公爵，你可以带上一条绳索，趁夜色挂到姑娘窗边爬上去。结果，公爵一把撕开了他鼓囊囊的风衣，瓦伦丁准备挂到西尔维娅窗上的那根绳索露馅啦！去读读后来的《冬天的故事》，差不多一样的桥段，只不过是儿子想瞒着父亲与"乡下姑娘"结婚，被套出了实话，致使剧情急转直下。

还有一段剧情，足以证明莎士比亚还是挺能体会女孩子心情的：朱莉娅听说普罗特斯丢下她去追的西尔维娅颜值颇高，便悄悄弄来了她的肖像，拿来与自己做比较，比来比去，既不愿意否认无辜的对方的确相当美丽，更不愿意承认自己不如对方，最后，朱莉娅对着自己的肖像说了一句："还是比她稍微好看一点儿"。对此，我们无论如何是会表示同情和同意的吧。至于朱莉娅和侍女在闺房里对追求自己的男生——评头品足，直接让她们穿上现在的校服，不也是很生活的校园剧情节吗？而朱莉娅被侍女猜中的心思却不好意思起来，连连否认，还把侍女给骂走了，侍女一走，她立马后悔，责怪自己口是心非，还赶紧把撕了的情书一块块拼回去。这就是人性，而莎士比亚对人性、对少女细微的心思刻画得如此精妙，不得不让人拍案叫绝。

再看《终成眷属》。行医世家的小女子凭神奇医术最终栖上高枝，似乎也是当今某些宣扬"麻雀变凤凰"的所谓"励志"热播节目的原型，而该剧中伯爵夫人向海伦娜委婉曲折语焉不详地传达心思的那一场，其实也是挺有意思的：贵为伯爵夫人的她，竟然要说上一大堆弯弯绕的话，来告诉这位地位卑微的姑娘自己如何希望她成为儿媳妇，急切希望听到海伦娜嘴里的一声"妈"，甚至还为她出谋划策去赢取血统高贵的儿子的心！这样的桥段，当今许多婆媳戏的编剧，恐怕也可以从中获益不少呢。

有一个细节，不知道是否引起了读过三五本莎氏喜剧的读者的注意：像《终成眷属》中的海伦娜这样，真没有"贵族背景"的女主角，在莎士比亚的戏里似乎十分少见。就浪漫喜剧而言，无论是《第十二夜》中的薇奥拉和奥丽维娅，《皆大欢喜》中的罗萨琳，《无事生非》中的贝特丽丝和希罗，都是贵族家小姐；即使在莎士比亚后期的传奇剧里，那些受苦受难的女主角，如《泰尔亲王配利克里斯》里的玛丽娜，《辛白林》中的伊摩琴，《冬天的故事》中的潘狄塔等，也都是一时落到穷人家破院落里的凤凰鸟，整整羽毛，还是得一飞冲天的。倒是这位海伦娜，字里行间都找不到什么"背景"，还真是凭自己的样貌人品和能耐，攀龙而去了。这么大一个"漏洞"，给导演编剧们留下了足够大的想象空间了。

两出戏的台词，一如既往地具有莎士比亚式妙语连珠的智慧风趣和深刻，因此，哪怕不看戏，读读剧本也是颇有兴味的事情。《维罗纳二绅士》中瓦伦丁不知哪里看来了一位作家对恋爱的高论，"蛀虫就待在最美的花蕾中，年轻人的智慧就这样被爱咬成了蠢货。"当然，话是这么说，其实也并不妨碍他后来对西尔维娅一见钟情，把什么花蕾什么蛀虫的名言全抛在脑后。普罗特斯百般推脱，说自己实在无法和瓦伦丁去罗马，他"抱怨"（其实是在撒"狗粮"）道，是对朱莉娅的爱让他无法离开维罗纳："你，朱莉娅，你让我彻底变了样；让我懈怠了学业，忘记了时间，对别人的劝告置若罔闻，对世人世事熟视无睹，在苦思中损了智慧，在沉吟中坏了胆量"。当然，这里多少有一点夸张的成分，也是为了让后来的突然变心显得更加突兀和没道理。恋爱中人，特别是恋爱中的男生，是不是和这时候的这位普罗特斯有点像呢？不过，当他背叛好友去追求其恋人时，竟振振有词地辩解："恋爱一来，谁还考虑朋友？"已经有点无耻了，而他明知自己抛弃恋人去追西尔维娅，背叛了恋人，背叛了朋友，也背叛了西尔维娅对他的信任，还是说了这么一句来为自己辩解，或者说是想说服自己？"我对我自己，总比对朋友要更加亲密吧。"说来也巧，就在我写这段文字的前几天，网络上瓜农们为"首次"有人把自己排在了生活和社交关系次序的第一位而吵了一场。唉，没想到，这样的排序，版权也在莎士比亚手里啊。

《终成眷属》中瓦伦丁的话就正能量多了。"年轻人裹足家中，智慧也走不出家门""年轻不旅行，年老悔不及""不见世面不经磨难，难成完美之人"，都是在鼓励年轻人多见世面多经锻炼，和现在"世界那么大，我想去看看"简直是异曲同工。朱莉娅与侍女在爱情态度上针锋相对，一个说"不把爱挂在嘴上，就说明他爱你很少""不把爱说出来就算不得爱"，另一个则反驳，"受到压抑的火苗烧得更旺""对男生随便示爱，便是爱他最少"，等等。两种意见，好像都有点道理。至于"女人变形虽可责，男人变心犹可恨"，前半句现在听来好像打击面太大了点，毕竟，爱美之心人皆有，适当地在自己脸上画画划划、在照片上处理处理不算过，但后半句针对花心男的，应该算是警句级的台词吧。

还有一些台词，真可以编进《莎士比亚语录》中。

《终成眷属》的海伦娜满满自信地说"救治的药方就在我们手里，我们却偏要向上天求助"，在一定意义上就是"自助者天助"的意思；那句本意是"哲人常将神乎其神云里雾里之事解释得浅显易懂"的话，就算被当代人一番解构读成"哲人常将浅显易懂之事解释得神乎其神云里雾里"，用在各种领域喧哗闹腾的"理论家"身上，似乎也十分贴切；至于"天性之善，善而无名""赌咒再多也不成真理"这样的名言警句，让人觉得莎士比亚就是对我们说的。还有那句"善旅者是饭局终了时的最佳客人"，意思是，有丰富旅行经历的人，总有说不完的好故事，一定能让一桌客人在饭后大饱耳福。莎翁一定也是最佳客人之一，他的故事足以让人茶余饭后流连忘返。

回到本篇标题。

说实在的，纠结喜剧正剧悲剧的分类，是做学问的人要操心的事；对观众来说，只要戏里没死人，只要戏演到最后是男欢女爱皆大欢喜，那就是喜剧了；对包括不做学问的和做学问的大多数人来说，真喜剧假喜剧其实并不重要，重要的是，戏里提出的有趣问题不断产生各种话题，给几百年来的编导演员和观众提供了无数重新阐释和演绎的可能，更填充了莎士比亚与我们之间的地理、时间与文化的缝隙。

/ 问题喜剧问题多（上）

《威尼斯商人》（*The Merchant of Venice, 1596-1597*）

　　莎翁喜剧多演浪漫故事，戏里姑娘聪明美貌，小伙纯情呆萌，虽有小争小斗，最后皆大欢喜。但是，还有两部因剧情提出的话题相当严肃而常被归入"问题喜剧"（甚至是"黑暗喜剧"），一部是大名鼎鼎的《威尼斯商人》，另一部是《一报还一报》。前者隐藏在一磅肉的合同纠纷背后的，是基督教徒和犹太教徒由来已久的积怨，一闹，差一点闹出人命，那夏洛克坚持要那一磅吃不得的肉也不要成千的金币，至今还让许多人觉得很难接受；而后者则借代理（摄政）公爵滥权之举，无情揭露和批判了"绝对权力导致绝对腐败"的社会问题，很像是莎士比亚为当代的我们写的一出反腐大戏。

然在此所谈，不是两剧主题中提出的这些大问题，而是向来被人忽略的诸多细节，那一个个细节就像是一处处"漏洞"，让人忍不住要向地下的莎翁来一番追问。

先说《威尼斯商人》。作为喜剧，《威尼斯商人》似乎具备了莎士比亚喜剧的所有元素：女扮男装造成的身份误会引发连连笑声，慷慨友善战胜了吝啬仇恨，爱情与友谊经历误解坎坷，最终在月光下的轻歌曼舞中达到美满。相信到现在为止，我们在语文课外读本上读到这部戏的选段（"庭审"一场）时，教辅书上依然会告诉我们上面这些"正确答案"的。

当然，的确有一个问题，但那不如说是难题，是不少欧美学者和导演想绕也绕不开去的难题，那就是：夏洛克的犹太人背景使这出戏很难跨过族裔情感与政治正确的考量。多年前一次国际会议上，一位以色列学者得知中国教师在国内将《威尼斯商人》作为课堂上的"莎翁第一部"，略带惊讶地问："你们怎么能教这部戏而不感到痛苦？"笔者向来思路慢半拍，一时无语，只觉得这个问题本身就挺让人惊讶的。转身一想，恍然：在伟大的戏剧作品中目睹自己的同胞遭遇悲惨下场，谁能不痛苦？此后一二十年，发现戏台上、银幕上搬演这部戏时，差不多毫无例外地要突出呈现犹太人在基督徒的威尼斯所遭受的不公待遇，甚至还有借服饰影射二战时期东欧一些国家中的犹太人街区情况的。不然，这戏怎么演？

不过这还不是这里所谓的问题。

仔细读一下——注意了，是读——剧本，问问我们自己的内心，有没有一些疑惑或不安的感觉呢？也许，你很可能会生出许多的疑问，发现很多的问题：有安东尼奥等人代表的基督教和夏洛克代表的犹太教之间在宗教观念和习俗方面的冲突问题（超越了简单的人性善恶），有友情和爱情的冲突问题（细读一下，看看剧中那些男性人物是不是有重友轻色的倾向），有女性的社会地位问题（不要轻易相信鲍西娅等女性人物的表面风光，到剧本里看看她们婚后是什么角色地位就明白了），甚至有（似有非有之间）剧中人物的性取向问题（不信？去读读安东尼奥和巴萨尼奥之间的对话吧），而鲍西娅在法庭上那段著名的"仁慈之心并非出于勉强"的长篇独白，更是完美呈现和诠释了自有法律及正义原则以来人类所处的两难困境：要正义还是要怜悯？要法律还是要仁慈？这样的问题，恐怕会难倒不少法学家、律师、道德哲学家和社会学家。当然，别指望莎士比亚给出什么"标准答案"。不信，去剧本里找找看，结果你会发现，就连公爵最后的判决，所谓的"怜悯之心"也显得很勉强啊：那法律完全是按基督教原则、庇护基督徒的，用只保护特定人群的法律，解决不同文化和信仰的冲突双方间的问题，公正在哪里？

《威尼斯商人》演到最后，三对新婚宴尔的男女在月光下翩然起舞，看来是在为这出戏做"爱情"的注脚。不错，剧情里有的是求婚和结婚，但似乎就是找不大到爱情。尽管"闪光的未必都是金子"这句名言就出于其中，但从头到尾，未见剧中人物在真正谈着爱情，有的，反倒是一个个在做理智选择的男人。就说与夏洛克的仇怨形成对照的"爱情"吧：作为情节中爱情主线的自然是巴萨尼奥与鲍西娅终成眷属的爱情。可是，巴萨尼奥在剧中第一次上场向安东尼奥借钱时的第一句话，竟是"在贝尔蒙有一位姑娘获得了丰厚的遗赠"。请注意：没有姑娘的姓名，没有对姑娘相貌的描述（难道他不属"外貌协会"？），却只有钱、钱、钱。当然，这位纨绔花光了家产，一心想凭婚姻将女方的钱财全部收入自己囊中，认钱不认人，岂非自然？只是，当我们细细读过那段话，想起罗密欧与朱丽叶那青春萌动不顾一切的爱情，如何能相信巴萨尼奥有半点的情感冲动？完全是算计好了要去薅金羊毛的步调啊。可怜的鲍西娅只能听任自己的肖像（命运）被塞在金银铅三个匣子里，供前来求"爱"的人挑选。结果，拜金的，选了金匣子落荒而去；喜银的，挑了银匣子愤懑离开；即使是那个号称不为外表所动的巴萨尼奥，选铅匣的动机和结果还是为了钱。

再听听鲍西娅在安排选匣时对侍女发的那一声感叹："活生生女儿的意愿却要受死去的父亲横加束管"，原来，挑匣选婿是亡父之命，金银铅匣，选中即得，哪里有爱情的份？再接着看，当巴萨尼奥选了藏着鲍西娅肖像的铅匣子时，姑娘长长一段台词，不仅将刚才还在自己名下的动产不动产全数交付给了巴萨尼奥，连自己也交付了出去，还一再贬损自己的聪明智慧与美貌（当今看戏的小伙子们，恐怕是做梦也不敢这么想的），与爱情有半点关系吗？最后看看另一对"情人"：基督徒小伙子洛伦佐与夏洛克的女儿杰西卡——别忘了，这是跨种族跨信仰的一对恋人，或许他们之间还真有爱情可言，但剧情表现出来的，是女儿趁父亲外出办事与情郎私奔，卷走了父亲的全部财产，还皈依了小伙子所信仰的基督教。是那个拐走了夏洛克女儿的基督徒年轻人，想否认他多少是冲着杰西卡卷出家门的那包金银而来的，恐怕也未能让人完全相信。在现实生活中，因爱而改变信仰者，爱情可贺，勇气可嘉，但在《威尼斯商人》里，私奔、掠财、改宗，似乎都被用作打击夏洛克的工具，用以旁证他孤家寡人、连女儿也弃他而去的可怜境况。可是，为了自己的爱情，剥夺了亲人的全部生存条件，天理道义在哪里呢？这样的爱情能受到祝福吗？

即使是"友谊"，恐怕也不是那么彻底的。当然，巴萨尼奥一得知安东尼奥身陷囹圄，立刻拿着靠结婚获得的丰厚财产前去搭救，在法庭上慷慨地提出可以拿出本金三倍六倍的数额，换回朋友的那一条命，这的确有一点为朋友两肋插刀的感觉，当然，在当代观众眼里，这不免有重友轻色之嫌：毕竟，要动夫妻共同财产，也得事先商量一下吧。不过，还是有问题：巴萨尼奥那么慷慨地拿出来的钱，难道不是他从新婚妻子（连婚礼和初夜都没来得及过）那里"合法"归到自己名下的吗？

最大的问题是在全剧结尾：在柔和月光下，和着浪漫的音乐，台上七位主要人物中三对夫妻翩然起舞，欢庆爱情圆满婚姻成功，偏偏只留下为这一切提供了金钱和友谊保证、差一点得赔上性命的安东尼奥，孑然一身。谚云：一人向隅，举座为之不欢。所以，这欢快的场面，竟然还是有一点很不协调的元素在作怪的。这场面该怎么调度？安东尼奥如何"融入"那三对情侣的欢乐中？还是就用一脸懊丧忧郁，让人体会世事总难全的哲理？莎士比亚没有写，难题留给了未来的编导演们。

问题喜剧问题多（下）

《一报还一报》（*Measure for Measure*, 1603-1604）

与《威尼斯商人》中的种族信仰冲突一样，《一报还一报》的问题同样严肃。维也纳公爵自己定了个有违人性的法律，即男子若使女方未婚怀孕，要受死刑惩罚。可法是立了，自己又不忍重罚违法乱纪者，这样的有法不依，遂使国内纲纪松弛，他又舍不得坏了自己"仁慈"的名声，便决定暂时隐身告退，让以刚正不阿闻名的副手安哲鲁暂时主政。安哲鲁乱世用重典，上任伊始，就捉了个让情人未婚先孕的克劳迪奥开刀，以儆效尤。克劳迪奥的姐姐伊莎贝拉前往求情，安哲鲁先是义正词严地断然拒绝，但很快就因伊莎贝拉美貌聪慧而动了淫心，以职务权势之威，逼迫这位已许身修道院的姑娘就范。

最后，微服私访的公爵设计，当众揭露安哲鲁的真面目，还顺势回来重掌大权。本来，这就是一出悬念紧扣、台词震撼的情节戏，放在喜剧类里十分勉强，无非一是没有死人，二是仍然以一场婚姻（安哲鲁中计在被他抛弃的姑娘身上留了种，被迫结婚）告终。

别的先不说，在当今的观众看来，这出戏的主题非常切合时下的反腐风暴：明摆着，莎士比亚是要通过安哲鲁的事例告诉我们：绝对权力必然导致绝对腐败；虽说是人做天（在莎士比亚说来是"上帝"）看，普通百姓还是应当多个心眼，对权力、特别是绝对权力，要适当地看管牵制一下，别让权力溢出了边界，反而伤害了百姓自己。笔者私下常想，让《一报还一报》中的人物穿上现代服装来演，肯定会是一出弘扬正气反腐倡法的大戏。不过，套用范仲淹名句，此则《一报还一报》之大观也，前人之述备矣。然莎剧流传四百余年，迄今犹在世界各国盛行，观剧之情，得无异乎？

这里的"异"，就是藏在这出戏很多细节中的许多不小的问题。容笔者一一道来。

首先是公爵的问题。公爵作为第一把手，明知自己治政无方，为什么要让副手安哲鲁来顶包？既然安哲鲁有刚直不阿的美名，为何公爵还要违反"用人不疑"之道，竟要用微服私访的办法去暗中刺探？既用且疑，难道是安哲鲁有什么问题让他觉得不足以完全信任？即使是为了"考察干部"，把一个有问题的人放到万人之上的地位、掌握对全体人民生杀予夺的大权，合适吗？还是公爵另有图谋：比如说，本来就看着他不爽，也找不到借口把他弄下去，正好有这么个机会，等他闹到覆水难收之时，自己就出来揭露其真面目，俨然是正义公理的化身，自己的回归也顺理成章，同时顺水推舟地把安哲鲁弄下去，好剪除自己左右之患？如果是这样，维也纳政坛的这一趟水，恐怕也太深了一点儿。

　　即使不考虑上面这些问题，公爵本人的道德品行和执政方式，其实也是大有疑问的。首先，他既然把全权交给了安哲鲁，却又在教士的伪装下背着安哲鲁在监狱里随意改动后者的法令，玩法律法规于掌股之间，是不是有违法之嫌？更有意思的是，剧中结尾处有一细节，多不为人注意，那就是在安哲鲁被揭露、颜面扫地之后，伊莎贝拉向公爵千恩万谢，可未曾想，公爵竟向她提出要娶她为妻！而一般来说，女子既许身修道院，即便尚未进驻，尘缘已绝，世人不能向其提出非分之请。贵为公爵，当明此理，明知故犯，与此前安哲鲁乘人之危有什么两样？不过，莎士比亚还是把诠释的责任留给了未来的编导演，在戏里，公爵刚意味深长地对伊莎贝拉说出"把你的手给我"，随即转了话题，"还是等时机合适了再说吧"。他想起了什么还是看到了什么，才让他秒转话题的？伊莎贝拉有什么微表情或微动作吗？莎士比亚没有给我们任何动作提示，而公爵在此后几十行台词中，讲的都是别人的事，从内容看似乎有点勉强的兴高采烈，难道他是在掩饰自己的尴尬？在日常交际中，这样不合时宜的亢奋，常常就是被用来掩饰尴尬的。直到最后，我们没有听到伊莎贝拉的一句应答，没见她有任何表示，只有公爵的满口许诺。安哲鲁在一边会怎么想？作为观众的我们又会怎么想？

　　安哲鲁也有问题。不过这问题不出在安哲鲁身上，而出在我们给安哲鲁的定性上。迄今为止，但凡谈到安哲鲁，一定是把他定位于十恶不赦的坏人范畴，什么"天性丑恶"，什么"道貌岸然伪君子"，等等。这样的义正词严，若出现在兰姆姐弟主要写给没有机会受教育的少女们看的《莎士比亚戏剧故事集》中，还可以理解，可百年之下，受过教育的成年读者和观众还要这么想，则略显幼稚。若是连学者都还这么想，就真让人替他们脸红了。别的不说，这样的思路，起码完全无视莎士比亚给这个人物起名的深意：安哲鲁，英文是 Angelo，与"天使"（angel）谐音，也无视戏中莎士比亚以相当大的篇幅，刻画了安哲鲁如何从一个确实的正人君子，在与自己的心魔（这里是欲望）的搏斗中一步步败退下来，最终绝望地完成了从天使到魔鬼的坠落。这样的过程，这样的人物，哪里是可以用"好坏""善恶"简单描画的！这样的安哲鲁，是不是更人性化（人性是脆弱的，会堕落的），更丰富，更有警醒意义呢？

往深里说一句，传统上对安哲鲁那种非黑即白的两分法定性，其实反映了一个很大的审美问题，而这样的两分，会大大减弱经典作品的震撼力和影响力。试想，如果安哲鲁真是一个坏蛋恶棍，观众看戏的体验就会相当心安理得：反正我不是他，倒霉是他的事，我就一吃瓜的。但是，如果认识到安哲鲁就是我们中的一员，甚至就是我（或部分的我），他的堕落很可能发生在我（们）身上，那么，这部戏，这个人物的教育和警醒意义就大多了。

还有那位伊莎贝拉。坚贞善良，但行为也并非无懈可击；能言善辩，却也有失言之时。她对安哲鲁说的那句话，"看我如何贿赂您"，她大概是想卖弄一下修辞手法，却把安哲鲁吓了一惊，还因此勾出了安哲鲁内心深处的欲望而差一点把自己给害了。更大的问题是，她要去拯救被法律判了死刑的弟弟，从人伦情谊来说，当然可以理解，但是她请求安哲鲁"为大善而行小恶"，明知徇私枉法为恶，却以"大善"为借口，要求法律网开一面，在当今的法制社会中，这样的请求似乎有些不太合理。在这点上，当时依然正直的安哲鲁的回应，倒堪称经典："判你弟弟死刑的，是法律而不是我"，以及

"你弟弟伏法，却可以使千万年轻人不蹈覆辙，这才是最大的善，最大的正义"。安哲鲁（莎士比亚）的这些话，放在今天也丝毫没有过时的感觉。

所以，莎士比亚的"问题喜剧"中，还真是为我们提出了诸多问题。实话说，这样的作品，到底归喜剧还是正剧，其实早就不重要了，重要的是它提出了各种严肃的问题，更重要的是，剧中的细节或"漏洞"给我们指出了更为严肃的问题。正是这些问题，使莎士比亚喜剧更为深刻，也使阐释和表现具有更丰富的可能性——"义从断处生"啊。

英格兰历史剧

第二幕

第1场 / 驰骋于战场和情场的爱德华

《爱德华三世》(*Edward III*, 1594)

简历: 爱德华三世 (1312–1377, 1327–1377 在位)

《爱德华三世》是否为莎士比亚所作, "业内"一直颇有争议, 不过, 还是有一些比较权威的《莎士比亚全集》收进此剧。毕竟, 莎士比亚写了38部戏, 多一部似乎无妨, 多多益善嘛。再说, 这部戏从主题到语言风格, 确实相当"莎士比亚"。

英国历史上有两个爱德华三世, 前一个爱德华三世于1042~1066年在位, 以虔敬教会获绰号"忏悔者", 业绩中有两个我们比较熟悉的, 一是建了威斯敏斯特大教堂（通称西敏寺), 另一个是大败野心勃勃的苏格兰将军麦克白。不过, 这部戏里的爱德华三世, 却是将近三个世纪之后的那位, 历史上以驰骋战场和情场而出名, 这两点, 都被莎士比亚生动地写进了戏里。

剧情平铺直叙：爱德华三世不满法国人忽视他对法国王位的权利，举兵进犯法兰西，以期夺回王冠。此时，适逢苏格兰人起兵反叛，正在围攻洛克斯伯罗城堡，爱德华三世决定首先平叛，率军前去解该城之围。该城是重臣索兹伯里伯爵的领地，他此时正在战场拼杀，伯爵夫人虽已不再年轻，却依然十分美丽，出于对国王驾临的感激和为臣的责任，她盛邀国王在城堡小住几日。爱德华三世为伯爵夫人的美貌所倾倒，竟暂停向法国进军的步伐，摆开了爱情三部曲的战场。他先请心腹为她写情诗，继而以国王的身份直接向伯爵夫人求爱，遭到拒绝以后又转而命伯爵夫人的父亲、老臣华瑞克伯爵代他去说服女儿屈从国王的意旨。伯爵夫人坚贞不屈，以死相抗，而爱德华三世又在领兵前来的儿子的脸上看到了自己妻子的容貌，内心十分羞愧，遂心回意转，褒扬了伯爵夫人，率大军向法兰西进发。英国军队在海上陆地与法军激烈交战，法兰西的王冠终于戴到了爱德华三世的头上。要英勇有英勇，要花心有花心，但英勇无边，花心有度。

爱国主义是本剧的基调。为表现英国朝廷上下人人同仇敌忾的气势，王室成员处处表现出的大无畏精神，爱德华王子尤其英勇。在战场上，国王明知王子与强敌遭遇，身陷重围，却执意不发救兵，而王子则在腹背受敌、众寡悬殊的情况下，一边鼓起下属的士气，一边自己身先士卒。虽然敌我双方都以为他难逃劫数，他却凭一己神勇战胜强敌。这一形象不能不令人想起莎士比亚历史剧中的另一个王子，即《亨利四世》中的哈尔亲王、后来的《亨利五世》中的亨利五世。无论是对英军的描写还是对王室的赞扬，《爱德华三世》都能从后来的《亨利五世》中得到呼应。

除了英勇气概，剧中主要人物的个人品质也十分正面，尤其体现在信守誓约上，上至王亲国戚，下至臣属平民，信守誓言都是必需的美德，而经过考验的美德就更让人钦佩了。伯爵夫人起誓要尽力满足国王的要求，其父华瑞克起誓要完成国王交给他的任何任务，爱德华三世等其他人物也都曾信誓旦旦，结果都遭遇了要不要遵守誓约的艰难选择：对伯爵夫人和华瑞克而言，是遵守臣子名分，实践诺言，从而违反道德并玷污自己的身体和名声，还是坚持坚贞的道德操守、保全自己的名誉，尽管这么做会犯下"欺君"的罪过；对爱德华三世来说，当他因加莱市民曾一度拒绝他的劝降而怒火中烧时，忘记了自己答应的两天宽限期，准备血洗全城。守约，还是不守约？

伯爵夫人和华瑞克最后选择了不遵守誓约，而爱德华三世等人则选择坚守诺言。守约与毁约的选择标准究竟是什么呢？

伯爵夫人在怒斥爱德华三世的时候提到两点，一是她自己的名誉，二是上天定下的"神圣旨意"："借出"身体的结果是让灵魂（或名誉）死亡，而没有了灵魂，又会反过来使身体失去生命。而且，虽然命令她遵守誓言的是出口神圣的国王，但国王的这一要求本身却亵渎了更为神圣的上天的意旨，"对上天的君王倒行逆施"，这样，虽违反了对国王的誓言，却遵守了更高层次的原则。因此，对国王的效忠并非绝对，而是在一个更高的原则指导下实行的，一旦国王的旨意违反了这更高的旨意，违反它就绝不是什么罪过。至于爱德华三世，他克制了怒火，答应按允诺和平攻取加莱城，并按王后所请免去前来请愿的六位加莱市民的死罪。这说明，严守誓言也是君王的美德之一，但也体现了爱德华三世"从善如流"，在个人誓约和更高的人性道德准则相抵触的时候，能够按更高的准则行事。高大上的人物们，显得更加高大上了。

莎士比亚后来写的历史剧，基本与爱情无关，大有"历史，让女人走开"的味道，可这部早期的《爱德华三世》，却把君王的爱情写了个浓墨重彩。看看爱德华的"求爱三部曲"：先是自己旁敲侧击地向伯爵夫人表示"爱情"，见伯爵夫人假装没听懂，便诱使她发誓要满足他作为国王的要求，以使他满意，为此，他反复使用诸如"服从""交付""职责"等字眼，企图以威势迫使伯爵夫人屈从，最后竟动脑筋让夫人的父亲出面来劝说女儿应允。

不过，戏里的爱情桥段，与莎翁后来成熟的浪漫喜剧（如《第十二夜》和《皆大欢喜》）中的爱情相比，未免多了点陈词滥调，与唯一一部稍微与求爱搭点边的历史剧《亨利五世》中亨利五世向法国公主求爱的片段相比，宫廷气味也重了很多。失于中规中矩，失于落进俗套。

就说求爱。用溢美之词讨好女性，在莎翁成熟期的浪漫喜剧中是嘲弄对象，在《爱德华三世》中，则成了国王发起不伦之恋的语言武器：他感叹伯爵夫人的美貌，赞扬她"闪动着奇异而迷人的光彩"的眼睛，这两颗白日的亮星居然遮蔽了太阳（国王的象征）之光，最后索性说那两颗星星反射了太阳光，要烧伤自己。这"挑起叛逆心思"的眼睛竟使国王做出危害国王（本人）的事来了。这样的话，若是被薇奥拉、罗萨琳等姑娘听到了，肯定要把她们笑趴下的。

不过，如果我们原谅"少不更事"的莎士比亚，那么，《爱德华三世》中与求爱相关的片段和台词还是有一些看点的，特别在爱德华三世经过激烈的思想斗争，克制了自己的非法欲念的几个场景中，人物的内心得到较深刻画，语言和情节中激越与幽默交织，克己方能制敌等思想得到较深刻的反映。比如：爱德华三世对伯爵夫人一见钟情，当后者感谢前者为她驱走了战争的危险时，前者一语双关地说："我给您带来了和平，虽然这么做，我为自己引起了战争。"说明白了，就是：此刻，国王心里异常激烈的斗争开始了：一方面是作为国王对国家的责任和作为军人的荣誉心，两者都驱使他向法国继续前进，可另一方面，伯爵夫人的美貌使他震惊感叹，特别是她那双美丽的眼睛，用爱德华三世的话说，已完全遮掩了太阳的光辉。

作为国王，去爱一个丈夫正在前线拼死卫国的妻子，既违反君臣之规，也坏了人伦之理。爱德华陷进了这样的泥潭，是遵从法律常理的理智，还是满足冲破常伦的非礼欲望。这时的他，经常显得言不由衷，又时常露出马脚，让人感到莎士比亚对人性的观察还是相当深刻，但有时候又不乏莎氏的敏感和幽默。例如当爱德华三世叫来了诗人朋友替他写情诗，诗人写了她比黛安娜"更美更贞洁"，爱德华三世不自觉地斥责道："我并没有让你谈什么贞洁，没让你探究她内心的珍藏，我宁愿让她有人追求，无所谓什么贞洁。"这几句话，惟妙惟肖地刻画出爱德华此时的矛盾复杂心情：他希望用最美的词语去赞扬心爱的女人，可偏偏不愿也不能用"贞洁"这个词，贞洁的女人如何肯屈就他非礼的欲望？

不过，爱翁之意不在情。莎士比亚写爱德华三世对索兹伯里伯爵夫人那段"求爱"，越是"愚蠢"，越是有违常理，越能烘托后来幡然醒悟的爱德华三世的高尚。戏演到他把伯爵夫人逼急了，后者义正词严一顿斥责，明确地将家庭的价值、夫妻的关系放在了高于国家和君臣的位置，家不宁，何以治国！最后彻底促成爱德华幡然猛醒、悬崖勒马的，也正是这种家庭意识，他从王子的脸上看见了王后的影子，猛然间意识到自己对伯爵夫人的"爱情"是多么愚蠢。虽然这样的桥段很容易被人等同于"家和万事兴"，这样的转变从情节发展来看也多少有些突兀，反正爱德华是战胜了自我，从而保证了他后来在对法国人的战争中取得胜利。君王的里子还在，面子也更光鲜了。

回到开头：《爱德华三世》就是一部中规中矩的君王记。

第2场 | 内战外战为哪般？

《约翰王》（*King John*, 1596）

简历：约翰王（1167-1216，1199-1216在位）

　　莎士比亚写《约翰王》，肯定不是为了赞美这位被后世起了"失地王"绰号的国王，不然，他一定会把发生在1215年的那个重要事件写进戏里，就是约翰王在众多大臣强迫之下签署的《大宪章》。当年的约翰王四处发动战争，四处讨钱，王亲国戚贵族大臣们忍无可忍，逼着他签署了这份明确限定国王与"大会议"（由贵族和骑士代表组成）相互权限的文件。不过，当事的人们没有也不可能预料到，这份原本为了限制国王随意征税派捐的文件，竟成了西方宪政的源头，当年分发各地的犹如精美的艺术品般的《大宪章》手抄件，现在都是各大博物馆和大教堂的"镇馆之宝"。

莎士比亚的《约翰王》，写的是为争夺王位权利而起的内战外战，写的是王权与正义的关系，是写给当时英国上至宫廷下到平民的观众们看的。戏演到最后，一位剧中人坚定地宣称："英格兰从来没有也永远不会对高傲的征服者屈膝下跪，除非她开始自伤自残"。有理由相信，这几行台词一定是面向观众说出来的，如果我们记得，无后的伊丽莎白女王此时年事渐高，如果我们知道，无论什么性质的王位继承，都是十分敏感的政治问题，在女王的时代尤其如此，那么，莎士比亚写《约翰王》的苦心，也就一目了然了。

戏一开场，约翰的国王身份就受到了挑战。这里，我们还得把相关的王族谱系稍微理一下：英国历史上著名的"狮心王理查"有两个弟弟，大弟杰弗里掌控法兰西，约翰是小弟。理查无嗣而终，只留下了一个私生子；杰弗里与康斯坦丝生下亚瑟，在《约翰王》的剧情开始时，杰弗里也已去世。这样，英格兰王位实际上有了三个"合法"继承人：私生子（长子）、亚瑟（顺位之长子）、约翰（顺位）。这样就形成了一个国内外政治力量和利益交错的混乱局面，也真难为了抱着王冠不肯放手的约翰了。

回到戏里。这时候，"失地王"约翰已经丢掉了法兰西，法国使臣来见，竟然称呼其为"借戴王冠的陛下"，简直没把约翰放在眼里。国家荣誉当然不容侮辱，"人怂嘴不怂"的约翰立马怼了回去，一言不合，英法就打了起来。双方兵临法国安吉尔城下，约翰出兵是为了夺回法兰西失地，而法国出兵是为了替康斯坦丝的儿子亚瑟"夺回"英格兰的王冠。安吉尔为战略要塞，双方都使出甜言蜜语加武力威胁，要安吉尔市民为自己打开城门。

有意思的是，安吉尔市民似乎很聪明，把球踢还给了英法双方：既然您二位争冠，那就当我们面打一场，我们当裁判，谁赢谁进城。结果，双方还真在安吉尔城外狠狠打了一仗，各自跑到"主裁"那里说自己赢了，可那"裁判"却判平局，然后建议，别打了，鲜血换不来和平，用爱来换吧。"裁判"做起了媒人：让约翰的外甥女嫁给法国的路易王子，美女靓男，一婚泯恩仇。

有笑的，必定有哭的。康斯坦丝意识到，"和平于我即是战争！"因为一旦和平成立，意味着承认约翰的权利，她儿子亚瑟的王位继承权就此荡然。这位心气高傲的"虎妈"立刻搬出大主教为自己助阵，在神权的逼迫下，法王几经犹豫竟然背弃盟约，一口反悔婚事，还直接派兵重新进犯英国。路易王子倒还好，还有个英格兰王冠等着自己呢，约翰那可怜的外甥女就惨透了，亲家转眼变仇家，"难道是要用血来祭祝我的婚礼？！"

莎士比亚毕竟是英国的莎士比亚，一写到英法纷争，胳膊当然往里拐（不妨去看看他的《亨利五世》）。对法王，神权高于君权，对约翰，可正好相反：君权胜过神权。他面对教宗来使，听他指责自己的王冠是"篡越而得"，愤愤怼了回去：朕只认天，只认上帝，要说我"篡越"，那你们教皇自认的至高无上名分也是篡越来的。掷地有声，底气很足啊！要是知道，当年亨利八世（伊丽莎白女王的父亲）与罗马教廷决裂时，大概也是这么说的，莎士比亚底气何来，不言自明。

打来打去，自然是英国获胜，连战败的法国国王都为英国军队的强大点赞（这大概又是莎士比亚塞进去的

"私货")。外战结束,内乱又起:约翰看着抓来的亚瑟,觉得是个威胁,暗示自己的心腹去解决了。伦敦城内一时谣言四起,贵族大臣都对约翰不满,老百姓也惊慌失措,却不知道该害怕什么。那杀手最后时刻良心发现,把亚瑟藏了起来,而约翰王则因备受群臣白眼而悔恨万分,把一肚子的气朝那心腹发去,还责怪他当时不该听从自己的诏令去杀了亚瑟——离君主太近的人,多半这样的下场。可就在那心腹吐露真相,约翰大喜过望,以为能平安渡过政治难关时,那亚瑟却自己从墙头跳了下去!造化难违,约翰王真是有口难辩。

这个约翰,还没有作完。这样的关头,竟然还坚持要再办一场"登基大典",连天象诡异(五个月亮并出)、群臣背弃都不放在心上。结果还是法军来犯,转移了国内政治纷争的注意力,群臣为了国家,纷纷捐弃前嫌,"团结在国王周围"。法国人是被击退了,可这折腾了一辈子的国王,最后倒在了教士下了毒的酒中。

有意思的是,到了这关头,莎士比亚还不忘记施展一下自己的语言风采:那毒性发作、蜷缩在椅子上的约翰王，话都说不好了，居然还不忘用十分形象的语言自黑一番，说自己"就像画在纸上的肖像，点上火，着火的纸页连带人像一起皱皱地蜷曲起来。"莎士比亚的手笔，不佩服还真不行。

尽管《约翰王》写的是国王，戏里最"抓人"的，却是一直被称为"私生子"的菲利普·富康布里奇，以及可怜亚瑟那强悍的"虎妈"康斯坦丝。亚瑟生性软弱，与世无争，被裹挟于王位争夺的血腥政局和战场之间，还成了约翰的心腹之患，成了暗杀的对象。尽管他凭着催人泪下的悲情诉说，让凶手良心发现，可最后，还是觉得万念俱灰，生无可恋，一跳结束了自己的生命。他的母亲康斯坦丝，却始终坚信儿子对王位享有继承权，为此，她敢于当面怒斥太后婆婆和约翰王，诅咒他们篡夺了亚瑟的王位；她用火一般的激越言辞，说动法王站在自己一边，向英国开战以夺回属于亚瑟的王冠；当大主教说，法律（其实是教会的法律）给了他权利来诅咒她，康斯坦丝针锋相对地反驳："律法并不能把王国给我的孩子；谁执掌了王国，谁就执掌着律法；因此，既然律法全错，它怎能阻止我发声咒骂？"当她得知亚瑟在战场上被俘，意识到他必不能活着回来，一生的希望破灭，撕心裂肺地呼喊出："我的孩子，我的亚瑟，我可爱的儿子，我的生命，我的欢乐，我的食粮，我全部的世界，我居寡时的安慰，我悲伤时的良药！"观众中若有母亲在场，能不为之动容！

莎士比亚似乎对私生子还是比较宽容的。《李尔王》中格罗斯特的那个私生子埃德蒙，尽管外善内奸，做尽龌龊的事情，一上场那段为自己辩护的话，抱怨自己明明是父母激情的产物，却为何被剥夺继承权，现在听来，也还有点道理。《约翰王》里的私生子，显然比埃德蒙高了几个档次。既然是龙种，是国王的血脉，关键时刻的言行视野，就显得与众不同。他初次出场，太后让他选择：你是要得一个"正出"之名，和你哥分享土地和财产的继承权呢，还是给你个贵族头衔，跟我进宫上朝，但没有任何土地分封？他毫不犹豫地选择了贵族头衔，跟着太后和约翰王去了伦敦。志向远大，不可小觑。

正是这位私生子，踌躇满志，能力出众，约翰王的进退安危，差不多都是他在辅佐保驾。私生子是《约翰王》中台词最多，戏份最多的角色，几乎是一个无冕之王。就是到了最后，约翰驾崩，临死前还把亨利王子托付给他，而本篇开头提到的那位庄严宣称"英格兰从来没有也永远不会对高傲的征服者屈膝下跪，除非她开始自伤自残"的人，正是这私生子菲利普，而这段台词，差不多就为全剧画上了句号。

第3场 是非成败转头空

《理查二世》 (*Richard II*, 1595)

简历：理查二世（1367-1400，1377-1399在位）

莎士比亚时代，一方面国运因文艺复兴而昌盛，特别是1588年战胜海上强敌西班牙，英国开始了独掌海洋霸权的历程，但同时，女王伊丽莎白无后，王位继承屡现危机，王国的稳定与和平势若危卵，内外战争一触即发。于是，历史剧应运而热，其中尤以莎士比亚的贡献为重。借古喻今，以史为鉴，忧国忧民，尽渗透在莎士比亚历史剧的字里行间。

莎士比亚以英格兰编年史为题材的戏剧中，有八部自成体系，演的是英国从理查二世到理查三世之间百余年间的王位更迭和外忧内乱。人们通常按历史时期，把这八部戏分为两个四部曲，即《理查二世》《亨利四世》

（上下）和《亨利五世》为一个四部曲，《亨利六世》（上中下）及《理查三世》为另一四部曲。有意思的是，莎士比亚先完成的是被称为"第一四部曲"的后一组，而被称为"第二四部曲"的完成时间反在其后，而且一般认为，他的"第一四部曲"，从结构、人物到语言都稍有欠缺，而后一个四部曲，则全面体现了全盛时期的莎士比亚风格。不过，这样的"定论"其实也有点勉强，毕竟两个四部曲各有其主题，"第二四部曲"的情节主要围绕王权与正义展开，而以三十年"红白玫瑰之战"为背景的"第一四部曲"，更多展示的是内战的残酷，关注点不一样，表现手法自然也会有差异，恐怕无法仅凭差异来判断优劣。

既然是历史，似乎还是由远及近顺着来比较好，所以，说戏就从历史事实发生最早的《理查二世》开始吧。不过要注意，那是莎士比亚的理查二世，与"真实的"历史人物还是有一定距离的。

历史上的理查二世，弱冠而治，朝廷由贵族大臣把持，及至成年正式入座，身边厚厚地围着各有所图的奸佞小人，派系纷争不断，表面看政令已出，实际上多为谗言左右，致使昏招迭出。莎士比亚的《理查二世》一开场，就是勃林布鲁克（以下简称勃林）与诺福克公爵毛勃雷当庭针锋相对一场，把派系之争端到了观众面前，而那勃林，正是理查二世的堂弟、篡了他的王位而登基的亨利四世。

勃林对毛勃雷的指控十分严厉：私吞军饷并谋害了格罗斯特公爵。后一指控，很可能有敲山震虎之意，因为那格罗斯特，是理查和勃林共同的叔父，被理查以谋反罪名收在狱中神秘死去。毛勃雷以"一生最纯粹的财富——无瑕的名誉"受到侮辱而提出挑战，理查应允，可就在一切就绪、决斗即将开始之际，叫停了决斗，将两人分别判处流放，勃林十年，后减为六年，而毛勃雷则终身不得踏上英格兰的土地。这惩罚，还是有亲疏之别的。

其实，理查对勃林向有防备之心，他暗中派人监视，知道勃林颇得民心，正考虑如何将隐患消除于未起，传来了爱尔兰叛乱的消息。理查立即下令征全国之力，国库尽出，御驾亲征。一战平叛的决心不可谓不坚定，可竟然不留任何亲信在朝廷，是太自信还是太愚蠢？

这个理查，倾全力亲征爱尔兰也就算了，临走还犯了大忌：当他得知叔父冈特（就是被流放的勃林的父亲）病危，竟有"天助我也"的大喜——说他一死，我可以顺手剥夺他头衔称号，顺手剥夺他的全部领地财产以充军用。他以为这样一来，堂弟勃林即使结束流放回国，也就是路人一个，再不会对王位造成任何威胁了。

自己挖的坑，最后跳下去的还是自己。野心勃勃、又深得民心的勃林乘虚而返，一路上招兵买马，深受理查横征暴敛之苦的民众踊跃加入他的队伍，一路杀回伦敦。理查平定了爱尔兰之乱班师回英，却被接踵而来的消息打得六神无主：先是接报勃林已偷偷回国，兴师问罪，继而是计划中赶来增援的威尔士军队听信了他战死的谣言，全跑勃林那边去了。理查众叛亲离，连那个一直站在他一边的叔父约克也改换门庭。其实，戏演到这里，差不多可以收场了。

可是莎士比亚的心思似乎不止于此，他把全剧随后将近百分之四十的篇幅，用在了展现理查一步一步走下王位、脱下王冠、亲手将王冠送到勃林手中（当然是极不情愿的），然后被"好言好语"软禁起来，最后被刺客杀害。特别要注意的是，君王之死，向来是一件必须在舞台上回避的事情，哪怕是病死，也只能让剧中人上台通报，"国王已死！国王万岁！"莎士比亚也确有例外：《约翰王》里，被下了毒的约翰是被架到戏台上说了一大段话，当众死的，但莎士比亚对理查二世似乎别有想法，竟让他当着上千观众的面被活活砍死，莫非还真有什么深仇大恨让他非这么做不可？难怪这部戏后来让剧团的庇护人伊丽莎白女王都有点不爽。

戏到最后，有人担心勃林的逼宫篡位将开启内乱的大门，而勃林自己，来不及操办登基大典，便匆匆赶去"教会机构"去忏悔，以求良心安宁。没有欢庆，只有不安。想必莎士比亚写到这里，已经想好下面该写的几本戏了吧。

历史上的理查，以君令多出，朝令夕改而被责之"恶政"，戏里的他，也是这样。为了要树立君主之威，竟可以随意下令随意改口，而置群臣议会于不顾。他的随意，"朝令夕改"这样的词已经不够用了：他在庭上答应了勃林和毛勃雷两人的决斗要求，还摆下排场，双方又一番轰轰烈烈义正词严的唇枪舌剑，刀枪在握，观众们眼巴巴地等着看一场好打，这理查却随口一变，说不打了，朕判你俩流放！可怜的毛勃雷一放终生，那勃林得了十年，可理查一转头看见满脸忧伤的叔父冈特（他真正忠心耿耿的辅佐，勃林的父亲），立马改口"那就减了四年吧"；爱尔兰叛乱，他丢下国内不管，还随口就没收了去世臣属（还是叔父！）的全部家产。这样任性的国王，发现自己众叛亲离时，竟还好意思指责臣下"变脸太快"！

有意思的是，《理查二世》应该是最有仪式和典礼性质的戏了，整部的台词戏从头到尾都是诗体，而且还多押韵。语言一庄严，场面也跟着庄严起来，无论是朝廷上双方吵嘴，还是决斗场上剑拔弩张，都被堂皇庄严的辞藻蒙上了"高大上"的纹饰，相关的动作全成了点缀和配件，战场拼杀的戏份被压到了最小，就连理查被废的那一场重头戏，焦点也不是动作，而是台词，理查吁叹人生无常，在国王与平民身份之间恍惚游走，控诉亲人臣下的无耻变节，倒让人想起了中国元代著名杂剧大家白朴的《唐明皇秋夜梧桐雨》中那一段段撕人心肺的曲辞。

《理查二世》中有一个点击率颇高的人物，就是勃林的父亲、理查的叔父、兰卡斯特公爵约翰·冈特。冈特在政治上足智多谋，道义上忠心耿耿，尽管很多人怀疑他有篡位的能力和可能，他却始终坚定维护理查的权威，决不容忍任何人对君王发起挑战。他对祖国满腔热爱，他那段以"这个王权荫蔽的小岛"开头的、长达二十行台词，用"又一个伊甸园""战神的龛位""银色大海上的小小珠宝""圣母玛丽娅的儿子"等等辞藻，对英格兰祖国极尽赞美，以其情感真挚丰富动人而被很多选集收录。事实上，对英格兰祖国之爱，不仅从冈特口中发出，被流放的勃林挥泪告别祖国，称之为"母亲""乳母"，"无论我流浪到哪里，我永远可以自豪地宣称，我是一个英国人！"而被终生流放的毛勃雷则忧伤地想到，自己在异国他乡将永远无法使用母亲的语言，这无异于让他在缄默中死去；即使是理查本人，在平定爱尔兰之后回到英格兰，也禁不住告诉观众："再次踏上王国的土地，让我满心欢乐而泪流满面"。台上的人物，无论相互之间如何为友成仇，英格兰始终是他们全身心热爱的祖国。这样的信息和情感，莎士比亚一定是希望传达给台下的观众的。

但是，如果只看到这一点，我们就太小看了这位冈特公爵。没错，他的爱国情怀的确发自真诚，他维护君主的立场也从未改变，但同时，他对理查所作所为始终提出严厉批评和指责，而他也告诉理查和其他人，他的批评和指责，绝无半点篡位的企图，而是恨铁不成钢的希望，希望理查能做点像个君王做的事，希望理查能真正地爱自己的国家，爱自己的人民。这样的指责，是出于对祖国更高的爱，是更高层次的爱国主义，只可惜，很多"引用"或"语录"中，都把冈特那一长段台词的最后几行省略了："我宁死都要大声说出来：（我的祖国）现在却租赁给了一个卑劣的农夫""本应征服敌人的英格兰，现在却可耻地征服了自己"！坐在王位上的人，只是"租赁"了这个国家，而祖国常在，祖国万岁。这样的领悟，想必是莎士比亚从历史中得出的。想必莎士比亚希望能通过自己的戏剧，把这样的信息传达给正坐在王位上的，想坐上王位的，以及看着别人坐在王位或为王位明争暗斗的人们吧。

而这样的领悟，即使现在，也依然意义深远。

历史何止王与国

《亨利四世·上》（*Henry IV, Part 1*, 1596-1597）

《亨利四世·下》（*Henry IV, Part 2*, 1597-1598）

简历：亨利四世（1377-1413，1399-1413 在位）

　　几乎可以肯定，莎士比亚在写悲情满满、庄重典仪胜于戏剧动作的《理查二世》时，心里已经为接下来的《亨利四世》打好了谱，而且，估计他是准备换个套路写戏了。果然，《亨利四世》虽然还是写帝王将相之事，戏台上却出现了平民酒肆，甚至是强盗妓院，这样的"下三滥"，居然在剧情和台词篇幅上与高大上的"正统"平分秋色，而那个令人爱恨交加的"可爱的恶魔"福斯塔夫，更成了戏剧的灵魂，乃至有人坦言，"没有福斯塔夫，谁还来看《亨利四世》？"

　　人们很容易把"拥护王权""爱国主义"这样的光环罩到莎士比亚历史剧上，不无道理。《亨利四世》中的亨利四世与哈尔王子（后来的亨利五世）面对叛军发出王权不容置疑、王位不容挑战的豪言，坚定地维护着王室的尊严与权威；在《亨利五世》中，亨利五世御驾亲征，以寡敌众，横扫法国，还追到了待字闺中的法国公主，使这出戏几乎成为鼓舞爱国热情或庆祝国家战胜强敌、弘扬民族情感的首选。但是，莎士比亚并没有那么浅薄，他在戏中围绕王权和正义提出了许多相当严肃的话题，即使在今天，仍有深远的意义，而他在戏中创造的福斯塔夫这个奇妙角色，打通了正史野史，连接了朝廷贵族与社会底层，正因为如此，他的历史剧，其内容超越了英国历史，其意义更超越了他自己的时代。

前一篇里写到的理查二世，尽管不是一个"好国王"，但他的王位是名正言顺地"合法"继承下来的，而即使是这样合法继承的王位，依然受到了质疑和挑战："合法继承"就可以"胡作非为"吗？臣属民众有没有权力去推翻一个胡作非为的合法国王呢？他的悲剧下场似乎表明，即使合法继承，也不能胡作非为，不然，上下怨愤，起兵反抗，取而代之，也是可以的。不过，那些拥戴勃林布鲁克胁迫理查退位的人，包括勃林布鲁克自己，一时把"合法还是非法"的问题丢在了脑后。

亨利四世的王位是他背信弃义从理查二世手里篡夺而来，这本身就已经埋下了很大的政治隐患，而他成功登基后背信弃义，拒绝为当时听信他并支持他的贵族封赏，更加把这样的隐患激发了出来，所以就有了贯穿《亨利四世》上下两篇里的"反叛"与"平叛"情节，内战由此开始。在上篇里，亨利四世内忧外患，在宫廷里，为自己那似乎不争气的"浪荡王子"哈尔忧心忡忡，在宫廷外，要为如何击退强大的叛军伤透脑筋，而叛军的首领，正是当年给了他最强力支持的诺森布兰公爵及其"青年典范"的儿子、绰号"热刺（霍茨波）"的波西亲王。尽管哈尔王子最终浴血奋战，击杀了波西，叛军的威胁依然悬在亨利四世头上，直到下篇里，父子合力，分头击退对手，保住了家族江山，亨利四世得以在临终时，名正言顺地将王冠交给哈尔王子。"国王驾崩！国王万岁！"亨利五世终于清清白白地登基。当然，历史的污点还在，在人心里，也在他心里，成了他此后每逢大事必先去教堂忏悔的原因。此乃后话。

上下两部《亨利四世》提出的一个共同问题是：一国之君以非法手段获取王位，为臣者奋起反对，虽可能有合乎道义的借口，但是否合乎法律？国君错待于臣，为臣是否有权行逆君叛国之举？颇有反讽意味的是，在《理查二世》中帮助勃林布鲁克把合法国王拉下王位的那些人，在《亨利四世》中却以其非法篡夺了王位为借口之一而起兵反叛。借古喻今的莎士比亚，当然希望观众们看完他的戏之后好好想想，历史上的君王非法夺冠，眼下就别再让有野心的家伙动这个念头啦，救国家救自己，还顺便救救那些人；但莎士比亚同时也在提醒观众，真觉得当今君王错待了你，抗议自然是你的权利，可是，千万别动叛国的歪脑筋啊。当然，别指望弄明白莎士比亚站在哪一边，更别指望莎士比亚会告诉你该怎么挑边。聪明如他，只用一段段台词将问题和盘托给环球剧院里从贵族到平民的千百观众，也给了迄今还在读他的剧本、听他的台词的所有人。

不过，让戏台上的《亨利四世》成为经典的，恐怕并不是暗藏在剧情里的那些严肃的问题，而是戏台上展现出来的那些平日里威严凛然的国王贵族的另一面，即他们也是凡人，他们也有七情六欲，他们时不时地也会在凡人堆里放松一下，而常人的生活，正好是莎士比亚的拿手好戏。所以，尽管亨利四世在朝廷及与叛军决战的阵上尽显威严，后来的亨利五世更是在以寡敌众的阿金库战役前夜微服探营，在战阵上一马当先，以一场大胜完成了从浪子到明君的转型，但一换场景，他们就成了父亲、儿子、战友、同伙，其情怀举止与常人相差无几。

特别有意思的是亨利四世，一旦退了朝，完全一副操心老爸的样子。他对自己那个成天混迹于酒肆青楼、甚至还掺和着做剪径强盗营生的宝贝儿子哈尔王子怎么看都不顺眼，每每要拿来与叛军首领那颇有出息的儿子"热刺"波西作比较，满口"你看人家……你看人家"的，和现在许多老说邻居家同事家孩子比自家强的家长比起来，似乎也没什么两样。他甚至怀疑，是否上天因他犯下篡位之罪，有意换走了襁褓中的婴儿，用这么个窝囊废来惩罚他。每每读到这里，笔者似乎就听到了某些父母"我到底上辈子作了什么孽啊！"的凄苦无奈的呼喊。而关键时刻，哈尔出于好奇，试戴了昏睡的父亲放在床头的那顶王冠，父子间的矛盾由此发展到顶峰。亨利四世悲愤交加，怒斥儿子迫不及待要夺王位，从而再次铸下篡位大过，好在血浓于水，王子用真诚的道歉，后来又在战场上用行动打消了国王父亲的所有疑虑，也为自己日后成为一代明君做好了铺垫。

有人把《亨利四世》中的哈尔王子看作是圣经中"浪子回头"形象的模仿，特别是在戏的上篇里，莎士比亚一开始就把哈尔扔进酒色泥潭里，和以福斯塔夫为首的一帮社会底层人士摸爬滚打，甚至还参与了他们"剪径朝圣者"的强盗土匪谋划，为的正是让他后来的"悔过自新"更为光彩照人。最后这句话倒是没错，哈尔自己也这么说的，告诉观众他"要用行动让众人明白，他们看我全都走了眼神！"不过，说王子做坏人，做坏事，恐怕还真没有那么档子事。没错，他在酒馆里和福斯塔夫厮混，但你从没见他本人酗酒；要说他"藐视法律"，其实也就是帮老赖福斯塔夫躲了几次来催债的执法官，后来还是他垫的钱，帮福斯塔夫还债；至于他参加半路抢劫的事，就完全是捕风捉影了：劫财的是福斯塔夫，他和另一个家伙借故推托，而后又蒙面改装悄悄跟在后面，见福斯塔夫抢劫得手后，立刻冲出去把钱袋抢了过去，第二天就悄悄还给了受害的朝圣人士。抢了抢劫犯，算犯了哪门子的罪啊？

其实，史籍里的哈尔王子，并没有这么些"见不得人的过去"。他年纪轻轻就崭露出雄才大略，亨利四世早早便允许他参与朝政，列席国王会议长达 5 年；1400年时他才 13 岁，就受命处理威尔士事务，16 岁时正式出任威尔士总督，现在我们用"威尔士亲王"指王位继承人，就是从哈尔王子（英文中，"亲王"和"王子"是同一单词）开始的。后来亨利四世发现王子势力渐起，恐自己的王位受到威胁，才有了将他赶出朝廷一事，但即使如此，不久之后还是疑云消散，父子和好，哈尔回到朝廷。

这么一想，莎士比亚在《亨利四世》中塑造的这位哈尔，突出的倒是他践行马基雅维利资政权术的一面：在复杂危险的朝廷政坛上假装与世无争，甚至要做出自暴自弃的样子，不惜惹父王的误解和怒火，也要蒙蔽政敌和世人的眼睛。这才是真正的政坛高手。就像他自己说过的：太阳一时容忍浮云蔽日，是为了在需要露脸的时候，拨云见（现）日，亮瞎你们的眼睛！想想也是的：莎士比亚要把哈尔当明君来塑造的，怎么能允许他的过往历史有一点点真正的污迹？莎士比亚是写戏的，戏要有张力才能抓住观众，这么一个哈尔，往"坏"处拉一拉，再往"好"处捧一捧，形象立刻高大伟岸起来了。

《亨利四世》中的"最可爱的流氓""白胡子红脸膛大肚子撒旦"福斯塔夫可谓莎士比亚最杰出的人物创造之一，他肥胖臃肿却绝对行动灵活，他厚颜无耻却依然机智幽默，他粗鄙亵渎却偶尔庄严，他干了那么多下三滥的事，却还是得到最多的观众点赞。有人问，没有了福斯塔夫，谁还会去看《亨利四世》？此问完全有理。不过，人们可能没有想到，若没有了宫廷的庄严，没有了战争的严峻，没有了身在酒肆志在朝的哈尔王子，福斯塔夫恐怕就沦为如当今充斥荧屏的那种低俗闹剧的丑角，除了赚几阵廉价的笑，没有任何意义。《亨利四世》中的福斯塔夫，不仅串联起朝廷贵族与社会底层，还不断发出与贵族社会意识形态针锋相对的声音，其所作所为，处处颠覆着朝廷与权贵的价值观与道德体系。他通过王子上下逢源，上可通达于国王朝廷，犯了事有王子挡着，想弄点钱花，随便一说就来个征兵带兵的差事，而他左右那帮小偷强盗醉汉嫖客，至少也和王子混了个脸熟，而那形似浪荡的王子，也混迹于这帮社会渣滓之中乐此不疲。历史剧曾几何时有这样的写法？朝廷权贵与社会底层何时有如此水乳交融又强烈对照的描写与呈现？莎士比亚通过福斯塔夫做到了。

福斯塔夫的"解套"和"急智"可谓一流。他抢劫反被抢，回到酒店里还指责哈尔等人"胆小怕事"，吹嘘自己如何在危急关头以寡敌众，而对手的人数也被他从两三个一路加到一二十，最后他奋力退敌，只是黑暗中丢了钱袋，但英雄气概要把哈尔一伙扔出几条街去。这样的吹牛，现在似乎在某些需要打肿脸充胖子的场合，也有点耳熟啊。那哈尔先是逗着他把牛吹到极点，然后一句话给他完全捅破了，"抢你钱袋的可正是王子我本尊啊，你哪里和我交过手，还不是丢下钱袋就逃命去了"。这时候，台上台下都屏息凝神，就等着福斯塔夫出丑。谁知他面不改色，"我当然知道那人是你啊。你贵为王子，王为雄狮，我岂能向王拔刀？"四两拨千斤，把大家的笑全堵在了嗓子里了。

细心的观众、认真的读者，一定不会忘了《亨利四世》上篇结尾时福斯塔夫关于"名誉"的那段名言："名誉是什么？一个词。名誉那个词是什么？那名誉又是什么？不过是一口气。说得合情合理！谁能得到名誉？礼拜三死掉的那位。他感觉名誉了吗？没有。他拥有名誉了吗？没有。那名誉是感觉不到的东西？是啊，死人感觉不到。但活人能享受名誉吗？不能。为什么？定会遭人诽谤。所以我才不要什么名誉呐。名誉只是死人的装饰。"还真的是话糙理不糙。可我们笑过之后难道没有意识到，把其中一些愤世嫉俗的意思放到一边，这段话是对当时封建社会的道德基石，即骑士精神的最大挑战与颠覆吗？福斯塔夫靠征兵搜刮应征者的钱财，他领着那帮乌合之众加入国王的大军，他在战场上一见敌人就倒下装死，还用惯常的如簧巧舌为自己辩护，他的所有言行，不啻于在将封建朝廷大厦的基石一块块地松动搬走。要由着他这么走下去，那封建大厦很快就要坍塌了。

莎士比亚时代，旧体制和习惯势力还正在与历史新潮流做抵抗，一会儿半会儿还不会退出历史舞台。因此，在《亨利四世》上篇几乎与哈尔王子、亨利四世三分剧场独霸舞台的福斯塔夫，在下篇中虽然戏份不减，与哈尔王子却几乎没有了"对手戏"，反而沦为昂首走向王座的哈尔王子的麻烦和污点，是和亨利四世当年篡位一样挥之不去的阴影。不抛弃福斯塔夫，哈尔王子难成明君。所以，戏演到最后，哈尔登基成为亨利五世，福斯塔夫一伙还赶去大呼小叫，企图靠旧情面捞点好处，刚登基的亨利五世一句无情的"那家伙是谁？给我轰出去！"就把他打入深渊。等到了《亨利五世》，福斯塔夫甚至连一个上台露面的角色都不是，所有的晚景凄凉都只能通过酒肆兼妓院老板娘快嘴桂嫂来传达。虽然这样的桥段引来历代观众与评论对国王无情的义愤，但平心想想，也实属必然：换作你自己龙庭高坐，还愿意让这么一个烂胖子醉鬼坏老头缠在你身边吗？不怕他把你过去那些丑事全抖出来？

因此，无论古今中外，历史永远是为当下、为未来的历史，只不过，像莎士比亚这样正史与野史交融、维护与颠覆互现的历史，恐怕为数不多，而剧作家本人站在哪一边，那是留给过去四百年和将来无数年的人们去寻找和争论的话题。

演历史·玩历史

《亨利五世》 (*Henry V*, 1598-1599)

简历：亨利五世（1387-1422，1413-1422 在位）

2016 年，英国皇家莎士比亚剧院启动了他们的中国巡演计划，首次带到北京、上海、香港三地演出的，是少了《理查二世》的"第二四部曲"，即上下篇《亨利四世》加《亨利五世》，其中的《亨利五世》还译出了中文舞台版于当年晚些时候上演。有意思的是，按演出方的说法，这个被冠以"王与国"的三部曲，与战争无关，而以"改变"为主题，即人的改变。显然，他指的就是亨利五世从"浪子王子"到"明君亨利"的改变，而《亨利五世》也一直被当作弘扬不列颠民族精神的保留剧目，并在多次历史关头起到了鼓舞英国朝野大众民族精神的作用。

说《亨利五世》事关改变，当然没错，观众们在这部戏里的确看到了继位前那位整天混迹于酒肆妓院的哈尔王子，变成了一位伟大的君王，他身先士卒领导英国军民战胜并征服了强大的法兰西，还赢下了法兰西王冠，尽管他本人未及顶戴双冠而"中道崩殂"。但是，要说这部戏无关战争，却是怎么也说不过去的。

戏一开场，就是亨利五世在"挑事"：他要出兵法兰西，主张他对法兰西王冠的权利。为了师出有名，他竟搬来了两位大主教，请他们"凭良心和事实"来判定一下国王此举是否于史有证，于理有据。国王要证据，谁会说没有？况且教会还暗怀权力寻租的鬼胎。两人云里雾里东摘西引，把历史揉来揉去，指天发誓那法兰西王冠属于亨利五世，而当朝大臣竟没有插嘴的机会（有也不敢说不啊）。国王满心欢喜，择日发兵，启航前还通过密探，挫败了"叛国三人帮"的暗杀阴谋，亨利志得意满。

对了，还得插一段颇有戏剧性的场景：出兵前，法王子来见，态度傲慢无礼，不仅一口回绝了英国对法国王冠的诉求，还送给这位以浪荡出名的亨利一盒网球作为礼物。亨利大怒，但依然不失气度地告诉王子，这盒子里的每一颗网球，到时候都会成为射向法国王宫的炮弹。到底是莎士比亚，下手就是精彩。

亨利渡过海峡，挥师哈弗娄城下，以屠城与奸淫为威胁，迫使守军放弃城防。但是，毕竟法国地域辽阔，法军兵力强大，英军远程作战，举步维艰，再加上伤病满营，逃兵不断，眼看就到了崩溃的边缘。阿金库大战前夜，亨利微服私访，了解军心，最后召集核心人员，说了那段以"我们区区几人，我们快乐的人，我们结伴兄弟"（最后那句后来成为一部著名的美剧和电影的名字，译为"兄弟连"）为核心的著名台词，极大地激发了全军上下的勇气。第二天，亨利身先士卒，浴血奋战，英军绝地反击，竟大破人数数十倍于自己的法军，一举扭转战局，直捣巴黎王宫。

有意思的是，胜利之后的亨利却急着向法兰西公主展开爱情攻势，那一场亨利说着破法语，公主应以破英语的恋爱，差不多就像没有任何真情浪漫的闹剧，颠覆了全剧浴血征战的庄严和残酷。最后，亨利如愿以偿，赢得了法兰西王冠和公主，那失败的法国国王和王后，也顺势成了亨利的丈人丈母娘。

不管怎样，当年的小混混的确变成了民族英雄。

不过，那个亨利五世，只是戏台上由戏子扮演的亨利五世，是莎士比亚希望通过其传达自己某些观点情怀的形象明君，是莎士比亚变戏法似的变出来的。说得明白一点，是莎士比亚把历史好好地戏弄了一把。

其实，莎士比亚玩历史，早在《亨利四世》就开始了。那个用来证明哈尔王子是"有为青年"的对手"热刺"波西，在历史上是哈尔的叔叔辈，并且似乎也没有在什鲁斯伯里平叛之战中与哈尔交过手。他是被人杀了，但史书上并无记载。要真是王子杀的，是不是该把这丰功伟绩大书特书一番啊？

现在来看看《亨利五世》。戏里给了相当篇幅的主教干政，史书记载中至少有一个主教并不在场，教会答应给国王的战争资助，根本没有戏里说的那么前无古人。那么，莎士比亚为什么要对教会的支持浓墨重彩呢？再说与英军交战的法国。据历史记载，当时的法国国王正罹患严重的间歇性精神疾病，时常无法正常表达自己的意思，而王子也未有出使英国去送网球羞辱亨利五世的记载。亨利在战役关键时刻，发现法军在重新集结，便立刻下令杀掉所有法军战俘，以便集中全部可用的兵力，在戏里，他的借口是法军竟然偷袭英军辎重，杀害了看守辎重的几个娃娃兵。然而历史事实是，法军偷袭辎重营的事情发生在开战之前，似乎无法成为亨利五世为扭转战局而下达屠杀战俘的命令的借口，更不用说他征召未成年人参军打仗（尤其是对当代的观众而言）。同时，莎士比亚还着力突出英国阵营中的英雄主义，老迈的约克公爵在战场上浴血拼杀，在马背上几下几上，最后英勇地血洒疆场，可史书上明明写着，他是死于从马背上跌下后心脏病发作或呼吸中止，因为他实在太胖了。

一番为我所用的改造还嫌不够，莎士比亚又借英军下层士兵之口，将亨利五世比作亚历山大大帝，他临战前夜微服探营，一方面吐槽当国王也是件苦差事，另一方面又做出许多亲民的动作，好像是一位时刻关心底层疾苦的明君。更有意思的是，莎士比亚还很罕见地给这部戏加上了"合唱队"的角色，每一幕戏的开头，都有"合唱队"来做一番宏大的历史叙事，还充分调动观众的想象力，展望亨利五世的英明伟大。这样的结构，明摆着是要用古希腊悲剧的史诗结构，让亨利五世成为神一般的存在。

即使如此，在当代观众眼前演出的《亨利五世》，依然问题重重：国王议事，怎能容许教会干政？那"走母系通道"证明的亨利对法国王冠的权利，是不是有暗中讨好女王的意思？无论以什么借口，屠杀战俘，恐怕会给当代人眼中的明君抹上污点，而亨利对哈弗娄市民恐吓以屠城和放任士兵奸淫，肯定会让女性观众产生反感。在宣布战死者名单时，英法两方都只有战死的贵族，那更多的无名死者，全给一笔抹去了。这当然是历史事实，但对当今的观众而言，这可是"有违公序良知"啊。

让人费解的还有，亨利向凯特公主求婚被写成了闹剧，这且不论，在这样一部弘扬明君的大戏里，竟然连隆重的婚礼这样一个本来可以是十分庄严热烈欢快的结尾都省掉了。不过最让人疑惑的，是《亨利五世》结尾之谜：高大上的全剧剧情，却没有一个高大上的结尾；那一段给史诗剧作总结的十四行诗，前一半赞扬亨利五世赢下了法兰西，后一半就预告了亨利六世丢掉了全部法国领土、内战陡起的灰色未来。真的很烧脑啊：这位剧作家到底想干什么？

莎士比亚历史剧视角之广，洞察之深，使其终能穿越时空而具有普遍意义。事实上，任何一次"修史"都是重写，是为特定目的的重写。《亨利五世》中的虚拟与历史上的亨利五世之间有多少差异，早有人从剧本情节来源的考证中细细指出，但是，这些差异在剧作、演出之外的意义、它们对当时社会和观众的意义、它们对历史剧中的历史书写乃至历史书写本身具有哪些意义，仍然是一个有意义的话题。《亨利五世》剧中人物通过重写英法王位继承史，为亨利五世对法国王位的权利张目，莎士比亚则通过重写亨利五世，呼应着当时的社会政治和历史语境。

从这个意义上说，莎士比亚的历史剧，是行走在虚拟—事实边缘的一种历史书写，不仅将历史事实根据剧场演出需要进行物理改编，更根据社会政治需要进行化学改编，而这样的戏剧历史叙事（与类似的小说历史叙事一样），成为与史家历史叙事相互"商谈"的一股叙事力量，影响并塑造着当时及后世观众与读者的历史观。莎士比亚历史剧的本质，与所有"历史剧"一样，是经过选择性增补与忽略的文本，其目的并非状写历史，而是借"戏说"回应更为广泛深刻的当代关注。

城头变幻大王旗

《亨利六世·上》（*Henry VI, Part 1*, 1592）；

《亨利六世·中》（*Henry VI, Part 2*, 1590–1591）；

《亨利六世·下》（*Henry VI, Part 3*, 1591）

简历：亨利六世（1422–1471，1422–1467，1470–1471 在位）

尽管"第二四部曲"中有两部的标题是《亨利四世》，剧中的核心人物之一依然是后来成为亨利五世的哈尔王子。"王与国"系列三部戏演下来，浪荡王子哈尔最终成为英名君主亨利五世，的确可以让人放心地把这三部曲贴上"明君养成记"的标签。不过，颇有反讽意味的是，观众还是忘不了标题中的"王"与"国"。事实上，从亨利四世到亨利五世，一直上演着"世人都说神仙好，唯有功名忘不了"的故事，而当年为烘托伦敦 2012 奥运会的文化气氛，英国还重拍了这个四部曲，标题是"空王冠"，满满地传递着"古来将相在何方，荒冢一堆草没了"的意思。

不过，真要体现王冠之"空"，恐怕还是莎士比亚写得更早，历史事实却接在"第二四部曲"后的"第一四部曲"。它由《亨利六世》（上、中、下）和《理查三世》组成，以英国历史上的红白玫瑰之战为背景。如果要用一个字来总结这四部历史剧的主题，可能非"丢"莫属：一开始就是年幼的亨利六世丢城丢地，把短命老爸打下的江山差不多丢了一半（即整个法国），然后是贵族丢爵位，君主丢王冠，朝廷上你丢性命我丢脑袋。君臣之分、叔侄之伦、父子之情，伦常的小船说翻就翻，纲纪的维系说断就断；屁股还没把宝座坐暖，脑袋已经不见；刚才还歃血盟誓，一转身便成仇敌虐冤。四部戏加起来近一万三千行台词，我们听见的是敌对家族之间的恶语相向，看见的是为王冠的战场上血肉横飞，莎士比亚用这一万三千行台词，让人们把英国历史上充满战乱的三十年红白玫瑰之战（1455-1485）活生生地想象一遍。

用"城头变幻大王旗"来概括这四部曲的剧情，恐怕不会有太多的违和感。看一下戏里的国王宝座上走马灯似的换人：以红玫瑰为族徽的兰开斯特家族年幼的亨利六世，被白玫瑰的约克家族爱德华四世取代，然后是家族内斗，爱德华五世及数位在王位继承序列上靠前的人病死的病死，被杀的被杀，理查三世终于登上王位。然而不几年，这位狡诈狠毒的阴谋家国王被兰开斯特家族的亨利七世打败，三十年内乱从此告终，贵族集团两败俱伤，君主权威重新确立，都铎王朝由此开始。此时，离莎士比亚所在的时代，中间隔了亨利八世和三个在位时间加在一起刚过十年的男女君王（爱德华六世六年，"九日女王"格蕾，"血腥玛丽"五年）。

其实这一切，《亨利五世》的终场词早已"不合时宜"地说明白了。那出戏，看似在颂扬"浪子回头"、横扫法国并将法国王冠戴在头上的亨利五世，可结尾时却让跑龙套的演员出来告诉观众，亨利五世英年早逝，赢下的江山被年幼的亨利六世统统丢光。莎士比亚硬是用一层阴影罩住胜利的光芒，也预示了接下来的历史场面将会十分黯淡。

果然，《亨利六世》上篇在亨利五世葬礼的哀乐声中开场，年幼的亨利六世即位，发现自己面对的全是内忧外患而惶然不知所措：外有法国起兵"脱英"，法国王室还得到了自称天命有加的圣女贞德的支持，在法兰西大地上横扫英军，亨利五世血战而得的法国领地接二连三地"沦陷"。英国朝廷上，教会干政，政教失和，两派势力各自的拥趸甚至在伦敦大街上因口角闹成了聚众斗殴，而大权在握拥兵自重的叔伯们却个个忙于引经据典，揉捏历史以寻找依据，切割现实以寻找借口，为的就是成就自己的王位之梦。他们拉帮结派，由此开始了以白玫瑰为徽章的约克家族与以红玫瑰为徽章的兰开斯特家族之间的政治纷争和内战。

回到正题。

在前方浴血奋战、抗击法兰西宫廷与圣女贞德联军的爱国忠臣塔尔伯特身陷绝境，父子两代战死疆场，而"后方"的贵族朝臣忙于站队争权，为不可明示的目的纷纷为年轻的亨利六世撮合婚姻。有护国公身份的叔父格罗斯特安排下一场政治联姻，却被站在红玫瑰家族一边、派驻法国处理法国事务的萨福克悄悄搅浑了水。萨福克威逼在战场上俘获的法国安茹公主玛格丽特嫁给亨利六世，为获得法王首肯，他甚至私下答应把英国刚刚"赢得"的两块地方还给法国。在萨福克的窜唆下，亨利六世决定娶玛格丽特为后，从此为日后的内乱埋下了更大的隐忧。《亨利六世》上篇到此结束。

如果说《亨利六世》上篇更多的是展现"外战"，或在内乱影响下的"外战"，《亨利六世》中篇则把场景完全转向了英国内部的政治纷争。此时的英国朝廷，内乱不止，萨福克对亨利及王后的影响日增，其他贵族也暂时团结起来，图谋除掉护国公格罗斯特。剧中的格罗斯特本人，倒还是以国君为重，颇有点《理查二世》中老冈特的风范，可是他的妻子替丈夫觊觎王位，竟在暗中偷偷向巫神求签，却不知对方正是萨福克派来的卧底。结果，阴谋败露，遭到流放，格罗斯特也被迫辞去护国公一职，亨利六世终得以独立的身份正式行使国王的权力。

正所谓墙倒众人推：格罗斯特一旦失势，约克等人乘机指控他有篡位之心，还将失去法兰西领土的罪责推到他头上，甚至阴谋设计除掉他。不过，莎士比亚对政治的黑暗和无情展示得更为深刻：就连那些推墙人也是各怀鬼胎，让人不由得想起鲁迅先生用"静默三分钟，各自想拳经"两行，无情嘲讽了当年前去中山陵拜谒的国民党高层。此时，爱尔兰发生叛乱，约克迫于其他贵族大臣的压力，答应前往平叛。他看穿了政坛对手想借此机会让他远离王座之争的目的，转身鼓动下层社会起来暴动，从而挑起了更大的社会纷争。阴谋家们你一拳我一脚，你一剑我一刀的，为全面内战做着"暖场"。格罗斯特被谋杀，萨福克也被亨利六世废黜，后被暗杀，格罗斯特当年的最大政敌也紧跟着死去，市民暴动平息，约克却打回伦敦，撕破面具，公开声称对王位有权。他在三个儿子（爱德华、理查和乔治）和一些大臣的支持下，向亨利六世代表的红玫瑰家族宣战，两边各有胜负，最后约克的白玫瑰占得上风。中篇到此结束。

《亨利六世》下篇紧接着剧情发展：约克家族赢了圣阿尔班之战，实际上控制了王位，开始与兰开斯特家族的对抗，亨利六世在约克的压力下同意将王位继承权转交约克，而约克则起誓在亨利六世有生之年不再谋反。王后玛格丽特大怒，发誓要摧毁约克家族，两家重返战场。战场上，约克的小儿子被杀，约克本人也被俘，受尽羞辱之后被处决。约克的儿子们得知父亲死讯，推举大哥爱德华为约克公爵，与沃里克结盟，起兵打败了兰开斯特家族，亨利六世等人被迫逃往北方。不久，亨利被俘，被带回伦敦，新王爱德华（四世）将他送进了伦敦塔。

本以为仗打到这个份上，该歇歇了。可不知怎么弄的，刚登上王位的爱德华也传承了英国王室男性继承人在婚姻问题上的任性基因，不走寻常路，非要娶一位寡妇为后，结果又造成了政治和军事的反转。原来，此前他已派重臣沃里克前去法国，安排要娶法王路易之妹的事宜（当然，这也是沃里克设计的一场政治婚姻），结果沃里克前脚到得法国，立刻听说了爱德华违背诺言，自说自话地娶了寡妇，让他里外不是人，他哪里能咽得下这口气，法王路易也感觉受了羞辱，两人一起与亨利反目，发誓支持流亡在巴黎的前王后玛格丽特。战事再起，沃里克和法军攻进伦敦，将亨利从伦敦塔里放出复归王位，可没等他坐暖，爱德华趁沃里克离开伦敦去募集军队的机会，再次打回伦敦，抓住了亨利。接着，爱德华与沃里克遭遇，沃里克战败被杀，玛格丽特带援兵来到英格兰，最后一次与爱德华交战。经过一场血腥战役之后，玫瑰之战终于结束。

但是，王位上空依然阴云密布，亨利的儿子小爱德华战败被乱刀砍死，王后玛格丽特被驱逐返回法国，亨利本人则被爱德华四世的弟弟格罗斯特公爵（就是后来的理查三世）暗杀。爱德华四世在剧终时希望的"长久的欢乐"，恐怕他本人是看不到的。

看到这里，是不是觉得《亨利六世》颇像一部充满暴力、流血、悬念和突转的动作片巨制？戏台上一片打杀呼喊，人物们你方唱罢我登场，无论是观众还是读者，恐怕都有喘不过气跟不上趟的感觉。那好吧，我们稍稍喘一口气，回头去看看本篇标题下面那段亨利六世的"简历"。原来，莎士比亚笔下的这位似乎一辈子都在宫廷政治和内外战场上疲于奔命的亨利六世，还是活了将近50个春秋，而他的第一个在位时期，竟有45年之久。"正史"上的他，个人品质也还是不错的，虔诚而节俭，对英国社会还是做了一些好事的，特别是主持设立了伊顿公学和剑桥大学国王学院这两处至今都是世界一流的教育机构的基金会，但在政治上他肯定是个低能，低能而位居君王，给国家和人民带去的只能是纷乱和灾难了。

莎士比亚写的是：在一群强悍的王亲国戚重围之下的孱弱无能的国王。看看三部戏里的亨利，自幼至长，身边都围着护国公、王叔王伯王弟王侄、主教僧人，以及拥兵自重各怀鬼胎的贵族大臣，几乎没有一件重要的政治或军事决策是出自他手。即使是他发出的诏令，仔细一听，还是受人或甜言蜜语或裹挟逼迫的摆布。那是别人的意志和意愿，而出了问题，担责任的却是他这个国王。在舞台上不止一次可以看见这样的场景：两派人士恶语相向，甚至到了拔刀动枪的地步，可位居国王的亨利，却只能躲在一边唉声叹气，最多就是夹在中间恳求双方"拜托你们别再吵了好不好"，活像哭着求父母别吵架的孩子，真是可怜极了。即使是上文所说的他那次"任性的"婚姻，也是身旁大臣撺掇的结果，那是一场政治婚姻，但似乎并不是他的政治，而是别人利用他的婚姻要达到自己的政治目的。

莎士比亚写的是：内乱导致外弱，上乱导致下败。软弱的国王无法控制朝臣，结果政出多门，朝令夕改，无法形成一致的对外力量，对法国屡战屡败，直至丢掉了亨利五世赢得的绝大部分海外领土，这是必然。不过还有一点：朝上派系纷争，多为一己私利罔顾王国的整体利益，这也是导致亨利六世外战溃败的原因之一，而莎士比亚特别展示的，正是忠勇的塔尔伯特父子率军在前方苦战，就等着后方援兵到来。可是，有钱有兵有马的约克与兰开斯特两大家族，明明当着亨利六世的面答应一家出人，一家派马，结果到了紧急关头，双方相互推诿，一方迟迟不肯派兵，等派了出去，另一方为保存自己的实力，竟推说无马可发，硬是让那一军骑兵去打步仗。由此导致英军溃败，重镇失陷，塔尔伯特父子浴血疆场。

莎士比亚所写最让人惊心动魄的，是战争的残酷，是人性在战争中被扭曲，生灵遭涂炭。在《亨利六世》下篇中，莎士比亚特别设计了一个场景，红白玫瑰血战正酣，从戏台两个上下场门里各跑出一个士兵，各自拖着一个刚被自己砍杀的敌人。年纪稍大的那个揭开死者的护脸铁甲一看，被他亲手杀死的竟然是站在敌方的儿子！而年纪稍轻的那个同样发现，自己刚才手刃的竟是自己的生身父亲！疯狂的内战，此时已经超过了同胞相杀的界线，变成了天性泯灭、良知丧绝、父子互杀、手足相残的地狱。每每到此，就会想起鲁迅的"梦里依稀慈母泪，城头变幻大王旗"，王旗变幻，全插在为阵亡丈夫儿子而悲痛欲绝的母亲的心头！但莎士比亚《亨利六世》展示内战的意义更在于，这样的内战，无论是军事的还是政治的，无论是过去的、当时的、现在的，还是将来的，本质上都是泯灭人性的残酷事件，是人类的灾难。

读到《亨利六世》结尾，再回过去看看亨利四世在《亨利四世》上篇开场台词中的几行话："愿这片土地再不要张开饥渴的大口，吞噬自己亲生孩儿的鲜血。愿这片土地再不要被挖得沟壑纵横，也勿使铁甲战马去蹂躏大地上柔嫩的小花。"可是，正是发出这一愿景的亨利四世本人，开启了又一个群贵争王的时代，而亨利六世的整个统治时期，恰好是铁甲摧小花、母亲大地吞噬亲生孩儿鲜血的时代。这是多么尖锐而巨大的反讽！

纵观《亨利六世》三部曲的线索，完全可以用"外忧外战—政教内乱—军事内战"来描述，而莎士比亚的重点，似乎更放在了"内"，即使是上篇里的外忧外战，也是在内忧内战的阴影下展开的。内乱导致国弱，内乱导致外患，在这三部戏里展现得淋漓尽致：上篇中，战功赫赫的武将塔尔伯特父子，因朝廷将相违和，贵族内讧，得不到及时增援而为国战死疆场；在中篇里，忠心耿耿的护国公为阻止王后擅权，遭恶人陷害，屈死狱中；在下篇，亨利六世一意孤行，屡屡出言反悔，让堂堂使臣在外人面前颜面尽失，怒而反叛。当莎士比亚把这一切展现于环球剧院的观众眼前时，在当时忧心忡忡于伊丽莎白女王无后、社会上政治暗流涌动、社会上纷乱不断的观众看来，台上这一幕幕重演的并不太久远的历史，很可能会成为不远将来的现实。历史和现实的距离，没有我们以为的那么遥远，很多时候，它只有台上到台下那一点点距离！

在戏里，被内忧外患纠缠而不得脱身的亨利六世将里奇蒙伯爵亨利称为"英格兰的希望"："如果神秘的力量透露给我的是真理，这孩子将是我们国家的幸运。他的眼神充满和平的庄严，他的天庭自然地适合一顶王冠。他的手，可以执掌权杖，他本人，在时机到来时可以赐恩于国王的宝座。"这亨利，就是后来的亨利七世，正是当朝女王伊丽莎白一世的祖父。当年的亨利七世在击败理查三世后即位，并娶爱德华四世的女儿伊丽莎白为后，由此，来自红玫瑰家族的他在战场上击败了白玫瑰的约克家族，但以娶白玫瑰家族的伊丽莎白为后的行动，最终将两大家族合而为一。

这么想来，亨利六世盼望的和平和幸运，爱德华四世即位时希望的长久的欢乐，既是莎士比亚眼中英国到当时为止的现实，更是他对这样的和平与幸运是否会被打断、能否继续下去的深切忧虑和盼望。

不过，要走到这一步，还得跨过一个理查三世。

马基雅维利玩到极致

《理查三世》（*Richard III*, 1592–1593）

简历：理查三世（1452–1485，1483–1485 在位）

尽管莎士比亚的英格兰编年史剧第一四部曲属早期作品，语言上尚未摆脱不跨行的传统，剧情过于堆砌情节，缺少人物塑造，但在最后这部《理查三世》中，他已显露出刻画戏剧人物的才能，有血有肉地在戏台上展现了一位深得马基雅维利真传、心狠手辣、计谋超群、又具有极强执行力的阴谋家：理查三世。

事实上，作为约克家族四兄弟中小弟弟的格罗斯特公爵，距"理查三世"还差着好几级台阶，而且几乎都是不可能跨上去的台阶：从外因看，虽然二哥死于玫瑰战争，大哥爱德华四世正坐在王位上，三哥克莱伦斯好好地活着，大哥还有个儿子；从内因看，他相貌猥琐，身有残缺，用他自己的话来说，狗见了他的影子也得吓得狂吠不已。当然，这是莎士比亚为增强人物戏剧表演力度的"丑化"，把长长的一段顾影自怜的台词塞到理查三世嘴里，说自己是"粗制滥造的赝品""缺胳膊短腿的早产""套不好衣服、照不得镜子的丑八怪"等等，这形象与历史上记载的理查三世相去甚远。历史上的理查，相貌正常，"微跛"而已，并无驼背。

在普通心理联想中，丑与恶似乎有着无须证明的关联，这往往是人类对自己不了解或不熟悉的"另类"的偏见，莎士比亚塑造的这个"丑理查"，可能就是为了满足大众心理中的那个"恶理查"吧：恶的相貌体现着恶的内心，恶的内心促动了恶的行为。理查意识到，残缺的形体使自己与一切人间正常的快乐无缘，无法社交，不可能恋爱，连日常的穿衣打扮都时刻提醒自己是个残疾人，既然无法去爱，去享受，那就去恨，去毁灭。在理查三世的人物角色上，莎士比亚对人性观察之深，令人叹服！自己不能，见不得他人所能；自己不得，见不得他人所得，这样的阴暗心理发展到极端，就成为自己、他人和社会的灾难。这样的事例，在我们的社会生活中，怕也不是偶发现象。

回到《理查三世》。换个委婉一点的说法，理查三世还颇有自知之明：既然颜值太低而无法混迹情场，既然背驼腿瘸而无法出入社交，那就去官场为王冠拼杀吧，在那个战场上，王冠就是一切。他很清楚，自己离王位尚有一段距离，那就按部就班，一个障碍接一个障碍地扫，一个台阶接一个台阶地爬。于是，他在戏开场之前就手刃亲侄，并散布谣言，把三哥送进伦敦塔，在路上遇见了正被押去收监的三哥，还佯装无辜，连声叹道"我们都不安全，我们都不安全"；紧接着，他竟不顾乱伦之忌强娶侄媳妇安夫人。经过一连串的"清君侧"，终于扫除障碍，坐上王位。这样踩着别人鲜血走上权力最高位的案例，曾被电影改编为影射纳粹德国和人类公敌希特勒，应该也是顺理成章的思路。

可以说，理查三世之所以能成就这一桩不可能完成的任务，是他把马基雅维利原则玩到了极致，而这个"原理"的核心，就是"治政不以爱而以惧"，就是马基雅维利所说的，敬爱和畏惧之间，为政者只能依赖"畏惧"，就是说，要有效实现政治抱负，与其依赖周围人对自己的敬爱，不如让所有人都对自己心存畏惧。因为人性受利益驱使，有利则爱，无利则弃；唯有以利益为要挟，让人不敢弃，不敢反，王政方能稳定永久。注意了：马基雅维利主义是封建政治原则，莎士比亚的理查三世正身处这样的时代；马基雅维利的治政方略受到封建时代君主的追捧，却遭现代文明政治的唾弃，绝不可同日而语。

那么，就来看看理查三世如何一步一步把"畏惧"砸进他人心里，使他们退避三舍，又以利益诱惑，让他们趋之若鹜，从而为他铺就通向王位的大道坦途。请看下面几例：

- 编造谣言让当国王的大哥担忧王位继承有失：理查散布谣言，说名字以 G 开头者将篡夺王位，而谣言所指，就是他那位名为"George"（乔治）的三哥克莱伦斯。爱德华信了，把克莱伦斯送进伦敦塔，后者不久便被神秘地暗杀于水池中。

- 用花言巧语包裹威胁利诱，迫使侄媳妇安夫人答应嫁给他：这是《理查三世》中最具有戏剧性的一幕，也最令观众眼镜大跌。理查三世则不仅谋杀了亨利六世，还暗杀了亨利六世的儿子爱德华王子（英国历史上同名的太多，希望不要弄混淆了），就是安夫人的丈夫。这样一个与理查有杀夫杀父（公公）之仇的女子，竟然最后能违反"烈女"的所有原则，同意嫁给凶手？很多人觉得绝无可能，认定这是莎士比亚的胡编乱造。但历史上确有此事，而且也的确不无"道理"：安夫人以一弱女子，若拒从则必死无疑，若顺从则一来可保命，二来，还多少留着万一理查真做了国王，她也可做王后的"梦"。再说，当时安夫人年方16，而她的"小叔子"理查也不过20岁，辈分不论，年龄还是相仿的。

- 经常在朝廷上让众臣猝不及防，突然翻脸，以各种莫须有的罪名诛杀自己认为有"反意"的大臣。如一时极力支持他废黜王后玛格丽特的重臣黑斯廷斯，突然被理查指为"敌人"而将其处决，另有三大贵族也是这样被当庭以"有反叛之心"而诛杀。理查三世借这样无端的猜忌和极端手段，企图使群臣不敢再怀逆君之心，被迫宣示效忠。

不过，如此凶残独裁的理查三世，还是没有防住那位功高盖主、知道得太多的白金汉公爵。后者在理查指使下散布关于小爱德华（即爱德华五世）身世的谣言，又在理查默许下当众拥戴理查为王，而此时，那位准备成为爱德华五世的小爱德华还被理查关在伦敦塔里"休息"。理查装模作样地推托了几下，"被迫"答应坐上王位，同时暗示白金汉公爵去暗杀塔里那个可能威胁到他王位的人。心狠手辣的理查三世，绝不会允许自己的王位受到一点点可能的威胁。但是，他做过头了，至少白金汉公爵觉得他做过头了。白金汉对理查的暗示佯装不懂，却反过来向理查讨要答应好的封地和奖赏，当他看见理查也在环顾左右而言他时，顿时明白了自己的处境，立即潜逃加入了里奇蒙伯爵（后来的亨利七世）的阵营，并协助他在博茨沃斯战役中击败理查，终结了约克家族，也终结了两大家族的混战，都铎王朝由此开始。

理查三世的确是玩透了马基雅维利的手段，他王位下面铺垫的正是政敌和无辜者的鲜血和白骨。但莎士比亚还是为这个毫无人性的冷血理查注入了一点点依然属于人的东西，使理查三世有了与这四部曲中其他人物所缺乏的血肉与深度，也使这样的人物塑造向后来的大悲剧主人公麦克白更靠近了一步。在决定命运的大战前夜，理查三世噩梦连连，先后被他直接或间接杀掉的十一个冤魂依次出现，诅咒他在第二天的战场上身败名裂。醒来的他，意识到是自己的恶行所致，一定会遭到报应。他环顾左右，担心有人要暗杀他，但很快就醒悟到，要暗杀他的人就是他自己，他如何能"从自己身边逃开去"？就是这么一丝丝的良心谴责，为理查三世保留了些微的人性，而他困兽犹斗的精神，更是因那句著名的台词"给我一匹战马！给我一匹战马！我用王国换一匹战马！"而得到体现。其实那句"给我一匹战马"，是他从噩梦中惊醒后的第一句台词，他以为自己真的遭遇敌人，要赶紧上马与之交战，而第二次说出这句完整的台词，则是在战场上被对手射中战马倒在尘埃之际。已然到了山穷水尽众叛亲离孤家寡人的境地，他依然坚信，只要有一匹战马，就可以夺回整个王国。这样的自信，我们可以用"茅坑里的石头"来形容他，但不屑与谴责之余，可能依然会有几分感叹：如此的恶与如此的坚忍不拔结合在一起，多么可怕，多么不幸！而正是这样的感叹，使《理查三世》多少脱离了纯粹的编年史剧，接近了悲剧的性质。

第8场 / 那烧了环球的献礼戏

《亨利八世》（*Henry VIII*, 1613）

简历：亨利八世（1491-1547，1509-1547 在位）

莎士比亚和弗莱彻合作完成的《亨利八世》演到末尾，王室贵妇抱着波琳王后为亨利八世生下的那个女娃出来，坎特伯雷大主教克兰默为她受洗，起名伊丽莎白。在环球剧院的戏台上演到此刻，台上台下一片欢呼，礼炮齐鸣，几点星火正巧落到剧院铺着茅草的墙顶上。众人正欢呼得起劲，谁也没有注意到。结果，暗火变成明火，把整个剧院给烧了。好在戏已散，大多数人正在离场，建筑是烧了，人倒没伤着，记载中只有一人的马裤着了火，这机灵的家伙赶紧把手里那瓶酒浇了上去，火灭了。那是 1613 年 6 月的事，应该是戏刚写完不久，离莎士比亚辞别人世，三年不到的时间。

此时，戏里那羽"少女凤凰"已驾崩十年，坐在王位上的就是当年女王钦定的接班人詹姆士一世。克兰默大主教在长长一段对"少女凤凰"的赞颂中，加进了"她的灰烬造就了另一位继嗣，与她一样伟大而受万众仰慕"两行，指的就是詹姆士国王，而此时莎士比亚的戏班子，也已从"女王供奉"改名为"国王供奉"，讨恩主和庇护人开心，那是当然的。

尽管还是写英国历史上的事和人，但此时离战乱的年代已有百年，女王时代的继嗣问题也已圆满解决，因此，莎士比亚和弗莱彻合作的这部历史剧，不见了战场上的打打杀杀，也少了很多的血腥味。不过，既然写国王，宫廷政治总是躲不开的，但《亨利八世》的宫廷政治，竟裹上了堂皇华彩的典仪性，戏台上的呈现，观赏性大大高于政治话题。

这里说的"观赏性"，就是指台上的"排场"和"阵势"。看看贯穿整部戏的几个紧要关头，从一开始白金汉公爵的政治陨落，权势不可一世的沃尔西的家庭舞会，教皇特使对凯瑟琳王后的审判，亨利宫廷对沃尔西的审判，一直到最后宣布伊丽莎白公主降生，都是在隆重而充分的排场中展现给观众的，颇有点像中国戏曲中皇帝或其他重要人物出场前，那一阵文臣武将小厮跟班过场，金甲雁翎锦袍战甲招摇的场面。虽然那金碧辉煌的色彩多半得靠想象，但鼓号乐音、人物穿梭，先后过场，然后依次站位，应该是不少观众都期盼和喜欢的。当然，一出戏里安排了那么多典仪式的宫廷排场，除了满足观众的"偷窥"心理，也在反复强调着王室和宫廷的庄严庄重，悄悄地将"敬畏"钉进了观众的潜意识里。

这应该是莎士比亚和弗莱彻的有意为之。每一次排场，他们都会写上相当详尽的舞台指示，规定好出场人物和顺序，出场方式，伴随的音效，人物的站位，等等，这在莎士比亚此前的大多数戏里甚为罕见。排场一大，视觉效果强了，背景前演出的戏的冲击力，自然会被削弱，哪怕是十分严肃的政治话题，如白金汉突然被指控图谋叛国这一桥段，白金汉虽然是主角，但堂皇的入场式还留在观众眼皮上，台上他周围还站着很多人，政治纷争从动作蜕化为语言，说得多，做得少，强悍正义如白金汉，说完几段长长的自我辩护，便俯首就擒，认命了。

更有意思的是，历史上审判凯瑟琳王后是在黑衣教士剧院，而后来这部戏也的确在黑衣教士剧院里上演过，如此的戏里戏外交织，真是应了"世界一舞台"那句话。审判王后和审判沃尔西，莎士比亚和弗莱彻摆足了教会法庭和宫廷法庭的排场：先有各色导引登场，维护秩序，安排位置，然后主角（法官）上场，巡场一周后依次落座，而这时候，连国王也只能藏身一边做幕后观。接下来是法官宣布开庭，控辩双方你来我往，现在的法庭戏也完全是这个套路。法庭的庄严，控辩的往来，实际上都是静态的动作，多少抵消了戏剧冲突本身的激烈性。

至于宣布公主降生那一场，莎士比亚和弗莱彻更是做足了铺垫和渲染，先是安排了一个过场，让伦敦市民蜂拥上台，都往王宫赶去，等待王室公布王后产嗣的消息（这一阵势好像至今未变，成了英国及某些君主立宪制国家的特有风俗），及至一番繁文缛节之后，典仪官宣布"感谢上天，降无尽善意、赐无尽福分于高贵的英格兰公主伊丽莎白"，然后是大主教克兰默一段长达四十多行的赞誉之词，国王宣布举国同庆，宣布"这小家伙让大家欢度节庆"。剧终。

人们一定沉浸在王室堂皇，吾王威严，国事昌盛，众人欢乐的戏台故事中了，不知道还有多少人会疑惑，那白金汉被判叛国，到底是冤枉还是确案？那凯瑟琳王后被离婚，亨利的理由是否真那么充分？还有那沃尔西从权势高位跌下来，莎士比亚和弗莱彻似乎也没有继续在他的悲剧上做文章的意思。本来嘛，盛典才是目的，其余的，都是铺垫而已。

不过，这个戏如果读下来，不去想象那些盛典的堂皇，戏中人物的官场沉浮，还是让人唏嘘，也能让人把自己的周围和现在看得更清楚一点儿。这么说，又与莎士比亚的其他历史剧意义一致了。

比如那两个先后从权倾一时的高位突然跌进深渊的人物。白金汉性格直率，还有些急躁，尽管朝廷大臣中多人与他持相同观点，认为深得国王倚重的约克大主教沃尔西擅权干政，结党营私，偷偷干着损害英国利益的事情，大伙还是劝白金汉暂时忍耐，不要去国王面前说沃尔西的坏话。因为，这条路太陡峭，"陡坡宜小步"，而"怒气如奔马"，没几步就要跌下深渊去的。果然，眨眼功夫，白金汉就被指"叛国"而上了法庭。亨利躲在一边，大臣明知他是被冤枉的（当然也不一定，谁能保证国王不是想借刀杀人除掉身边功高盖主的人呢？），但摄于沃尔西的权势，个个闭口不开。白金汉就这么玩完了。

风水轮流，接下来轮到了沃尔西。他倒是真的出事：背地里私通教皇（亨利八世可就是那位与教皇决裂、自立英格兰国教的宗教改革人士），还将以国王名义横征暴敛来的巨额税入私藏起来，却苍天有眼，让他把秘密账本错塞进了其他文件中供国王"御览"，国王的震怒可想而知，加上他在朝廷专横已久，墙倒众人推。不过，他在这样的关头，倒是显示了相当的从容，一方面感叹世态变迁不如人意，但也平静接受了事实，还说是国王治好了他的罪恶和焦虑。

戏里的那位被离婚的凯瑟琳王后肯定让人同情。正如她在教廷组织的审判上所说，自己一生没有做过任何对不起亨利八世的事情，连躲在一旁听审的亨利自己也承认了这一点。因此，凯瑟琳不像那两位政治人物那样，失败了还能坦然接受自己的命运。她是怀着怨恨被迫离开宫廷的，连娶了波琳的亨利都内心有愧，暗中差人问安。但莎士比亚和弗莱彻也为亨利开脱了：亨利担心的是国运，是继嗣问题，他苦于凯瑟琳数次生育却多有夭折，只有女儿玛丽活了下来（就是在伊丽莎白女王之前做了五年女王的"血腥玛丽"），希望以新婚来求得男嗣。反讽的是，波琳依然给他生了个女儿伊丽莎白，但因为这女儿后来成了英国历史上最著名的女王之一，莎士比亚和弗莱彻也只能在戏中把庆生写得普天同庆了，真不知道历史上的亨利八世，在得知又是一个女娃时，是失望更多还是希望更多？

查查历史就知道，亨利八世可真是婚史丰富啊。前后六任王后，到第三位王后才给他生了儿子，就是继任他王位的爱德华六世，可无论王后还是王子，都短命，不过，历史上的英国，经爱德华六世（在位6年）、玛丽一世（在位5年）到伊丽莎白一世（在位45年），终于奠定了强国根基。

莎士比亚和弗莱彻要把这部典仪历史剧奉献给这样一个强盛的王朝，可以理解。

罗马历史剧

第三幕

第 1 场 / 血腥的复仇·人性的献祭

《泰特斯·安德洛尼克斯》（*Titus Andronicus*, 1592）

莎士比亚初进伦敦剧场江湖不久，就用一部血腥无比的复仇悲剧宣告了自己的存在，那就是以古罗马历史为题材的《泰特斯·安德罗尼克斯》(以下简称《泰特斯》)。这部戏，堪称酷刑与暴力的教科书或陈列馆，一出戏演下来，男男女女死了十二三个，而且死法各异，那伤于性侵强暴、死于刀剑暗杀的已经算不得什么了，剧中人物有自残的、他杀的、自戕的；有的被砍头、有的被割舌、有的被剁手、有的被下毒、有的被推下陷阱、有的被半活埋等着活活饿死的，诸如此类。还好那是演戏，主要靠语言来调动观众的想象，少数特别有违公序良知的场景（如性侵），都是避开观众，在后台完事，然后让实施性侵的家伙上台来得意地"报告"一番。这样的题材，要放到当今好莱坞一类的大银幕上，那些令人发指不忍直视的镜头，还真不知道要冒犯多少有着柔弱心肠的观众了（的确有此剧的大银幕改编版，那是近二十年前拍的，残酷的画面超出了常人所能忍受的限度）。

戏一开始，已故罗马皇帝的两个儿子为争夺皇位激烈争辩，为兄的自然援引长幼之序，为弟的则求诸品质才干，结果，获胜归来的泰特斯被人民推举为皇帝，两兄弟居然也表示认同，可泰特斯自己却十分（既很明智又很不明智地）婉拒，说自己年纪大了，"宁要荣光，不要权杖"（唉，他要听听《亨利四世》里的福斯塔夫就好了），力推为长的萨图尼斯继位，后者当仁不让，刚一戴上皇冠，便宣布要娶泰特斯之女拉维妮娅为后，但是，拉维妮娅早已答应嫁给他的弟弟，兄弟阋墙，皇帝哥哥很快就设计谋杀了弟弟。

让人们猝不及防的是，皇帝翻脸比川剧变脸还快：他立刻指责泰特斯居然拿订过婚的女儿来骗他，收回了婚约，转身娶来了战败被俘的哥特女王塔莫拉。对了，插一句：此前，泰特斯班师回朝时，从俘虏当中拉出塔莫拉的大儿子杀了，向他自己一个阵亡的儿子献祭，这就埋下了两人的怨恨，最终导致冤冤相杀的血腥悲剧。

从这里开始，满台上就是一个凶杀接一个凶杀，一桩罪恶跟一桩罪恶，血光满天，哀号声不绝，让观众无法喘气：此前，皇帝的弟弟要抢回拉维妮娅时，泰特斯的一个儿子出面阻挡，竟然被泰特斯亲手杀死，为的是他竟然犯颜忤逆皇上；随后，在塔莫拉女王安排的皇家狩猎中，拉维妮娅误入丛林，被女王的两个儿子轮流性侵并砍去双手，割去舌头；泰特斯的另两个儿子进入森林，掉进了躺着满身是血的皇弟尸体的陷坑，被控谋杀；法庭上，泰特斯听信埃伦谎言，砍下自己的一只手以换回两个儿子的性命，可痛苦的自残之后等来的，是两个儿子被砍下的头颅和自己那只手的羞辱；女王与埃伦私通后生下一黑婴，埃伦为灭口保密，当场击杀乳母，还说要杀掉另一个在场的"饶舌知情人"；泰特斯开始复仇，设计杀了女王的两个儿子并将他们做成"肉饼"，端上宴席让女王在不知情的情况下亲口吃掉（想想《封神演义》里的姬昌与伯邑考）；最后，泰特斯先亲手杀了女儿，使她"免遭长久的羞辱"，后杀了女王塔莫拉，自己则被皇帝手刃，而皇帝也被泰特斯仅存的那个流放回来的儿子路修斯砍杀，路修斯在众人拥戴下登上帝位，重新收拾支离破碎的罗马山河。

数一数，死了多少人？

悲剧的主角泰特斯的行为，让人十分难以理解和接受。前半场戏里，不知道是为了维护皇帝的权威还是自己的"愚忠"，竟不假思索地杀自己的儿子，到了后半场，身陷巨大悲痛、满怀复仇怒火的他，先杀受尽痛苦煎熬的女儿，然后杀了仇人，自己也为此送了性命。这很自然会让人想起古希腊索福克勒斯的复仇悲剧《埃勒克特拉》中，歌队劝内心充满复仇怒火的埃勒克特拉时那句台词："悲伤不断超过限度，会突然毁了你自己"，这应该是对悲剧主人公泰特斯的最好注解：巨大的悲伤，毁了别人，也毁了自己。

尽管戏里的泰特斯等人属于被认为具有较高文明程度的罗马阵营，而战败被俘的塔莫拉女王和恶棍埃伦属于"野蛮种族"哥特人一方，可是戏里的罗马人自相残杀起来，丝毫不比哥特人逊色，而哥特女王为自己儿子免于被献祭而哭诉祈求，埃伦为保住自己初生婴儿的生命而不惜忍受屈辱甚至死亡，和泰特斯为保住自己唯一幸存的儿子而砍掉自己的手，性质是一样的，是人的天性使然，哪里有什么文明野蛮的高下之分？这样看来，莎士比亚在《泰特斯》里呈现的，似乎并不是文明的差异和文明的冲突，而是人类的"人性共同体"。

在《泰特斯》中，我们还可以隐隐感觉到古希腊悲剧的影子。欧里庇得斯的《伊菲吉妮娅在奥利斯》中，有阿伽门农骗女儿伊菲吉妮娅前来献祭，以解脱自己的困境；而在《赫卡柏》中，更有特洛伊王后赫卡柏战败为奴，阿开奥斯人决定用其女波吕克塞娜向战死的阿基琉斯做牺牲，而莎士比亚的泰特斯将战败被俘的哥特女王塔莫拉的大儿子拉出来向他战死的大儿子"献祭"，基本复制了这一情节，不过是将女儿换成了儿子。《伊菲吉妮娅》和《泰特斯》这两出"献祭"，同样成为复仇悲剧的导火线，不同的是，欧里庇得斯的悲剧似乎把重点放在了活人献祭是否符合人伦道德的问题上，他让剧中人物围绕为政治和军事目的用纯洁少女献祭是否符合人伦道德的问题展开了激烈的争论，并且在献祭即将实施时，神迹出现，收去了少女，在祭坛上留下一头肥美的鹿，暗示了对活人献祭的反对。莎士比亚则似乎更在乎"冤冤相报"的主题，所以用战俘之子献祭，除了母亲（即战败的哥特女王）苦苦哀求外，战胜者阵营里没有任何反对或犹豫的声音。

其实，透过《泰特斯》全剧的层层血光，我们还是能看到些许能触动人们内心那片柔弱之地的片段的，只是它太短促，属于过渡场景，被压在一场场谋杀流血和一声声悲愤呼号之下了。比如塔莫拉为挽救自己儿子的性命时那一段催人泪下的恳求："你的儿子对你而言是那么的宝贵，我的儿子对我也同样宝贵；难道你们带回来的战利还不够吗？还要当街杀了我那为国而战的儿子？"她泣求泰特斯"不要用鲜血玷污自己的坟墓"，还希望泰特斯"靠近诸神，因为真正的慈悲是高尚的标记"，有点儿让人想起《威尼斯商人》等戏里关于"慈悲的天性有如甘霖从天而降"的言辞。即使那个被认为是"莎士比亚所创造的第一个十恶不赦的恶棍"的埃伦，在面临自己被处决的关头，一再要求对方发誓不伤害他和女王的私生婴儿，方答应合盘供出女王的奸恶计谋和所有的杀人凶手，甚至不惜坦承自己就是全部悲剧的幕后主使。

更有意思的，是埃伦对自己摩尔人肤色直言不讳的自信与骄傲，高声质问"难道黑色就真有那么丑"，完全可以与同为摩尔人的奥赛罗对自己肤色的态度做个比较。当所有人、连塔莫拉女王本人都认为她和埃伦私通后生下的那婴儿是"丑陋的魔鬼"、甚至有人试图把婴儿杀掉以平息谣言时，埃伦对自己的黑孩子那份出自父亲天性的爱也让人微微动容。即使到了剧终，埃伦忍受着半活埋被饿死的惩罚，也关心自己的孩子是否真能够活下去，这些细节都给这个几乎从肤色黑到内心的恶棍的形象，略略投去一丝人性的灰白。只可惜，这时候的莎士比亚更关心的是用流血和残酷让观众掏腰包，对人性的关注和开发，得再等上一段时间了。

莎士比亚的复仇悲剧从《泰特斯》开始，到《哈姆雷特》达到顶峰，看看这两部戏之间的差别，大概就可以了解莎士比亚的进步足迹了。

第2场 一出性格与策略的悲剧

《裘利斯·凯撒》（*Julius Caesar*, 1599）

　　莎士比亚以古罗马历史为题材的剧本中，《裘利斯·凯撒》与《科利奥兰纳斯》两部戏的情节围绕个人与国家、理念与现实的关系展开，检视罗马式民主的方方面面，为当时及后世的人们举起了一面照看现实的历史之镜。

　　戏的情节一路直行：凯撒凯旋回到罗马，半路上从人群中挤出他的臂膀之一安东尼，举着顶皇帝帽子请他称帝，说是民心所向，凯撒婉拒再三，说是"再议"。元老布鲁图斯嗅出了凯撒称帝的企图，认为那是对共和精神的背叛，决计除掉凯撒，捍卫共和。这一阴谋在元老院会议上被付诸实施，凯撒被刺身亡，但在向罗马市民解释刺杀凯撒原委的集会上，安东尼赢得民众，挑起众人对布鲁图斯等人的愤怒，一场社会纷乱中布鲁图斯丧命，共和理念以悲剧告终。

很多人觉得，《凯撒》一剧的主人公应该是布鲁图斯，因为凯撒在戏不到一半的时候就被刺身亡，而他的亲密战友之一布鲁图斯，倒是贯穿全剧的人物，完整地演出了密谋—刺杀—演说—反转—败亡的政治悲剧。在戏里，布鲁图斯出于崇高的共和民主理念，为阻止凯撒恢复帝制和独裁，策划并成功实施了刺杀凯撒的阴谋。事后，他出于正直与正义，安抚凯撒的另一亲密战友安东尼，提议两人一起向罗马市民发表演说。在街头，布鲁图斯慷慨激昂地解释刺杀凯撒的理念，留下了"我爱凯撒，但我更爱罗马"的名句，使民众一度振臂高呼表示支持。随后，他将讲坛让给安东尼。安东尼运用出色的雄辩技巧，一边重复着"布鲁图斯是一位正人君子"的话，一边让民众亲眼看看被布鲁图斯及其同党刺了十数刀浑身是血的凯撒尸体，让血红的视觉冲击演变为对情感和理智的冲击，随后用一桩桩事实细节表明凯撒如何爱着罗马人民，而爱他们的人竟然该死；最后，他欲说还休地"不小心透露"了凯撒的遗嘱，说要将自己的所有财产捐给公众。顿时，局面逆转，群情激愤，和平集会演变成街头暴乱，民众喊着"烧啊！砸啊！杀啊！"，前去追杀布鲁图斯及其同伙，还顺路砸店烧铺，劫财害命。最后，布鲁图斯以一死殉了自己的理念。很显然，这部戏向当时的观众提出了这样的问题：崇高的理念是否能成为以违法行为结束他人生命的理由？即使是崇高的理念，其实施是否必须以撕裂社会、造成动荡流血为代价？莎士比亚永远只提出问题，把问题留给了当时和此后的人们。

别看布鲁图斯因理念不同而成了凯撒的杀手，最后自己也死于内乱，两人的性格缺陷还真不枉了密友一场，那就是极端的、甚至到了失去常识的自信，只不过凯撒信的是自己那神一般的存在，布鲁图斯信的是自己那套崇高的共和理念。在戏里，凯撒反复把自己比作奥林匹斯大山，比作那颗永远钉在天顶恒久不移的北极星，他承认其他元老也亮如天穹星辰，但它们都得围着北极星而动，以北极星为准辨认方向。他诏令一出，决不收回，也决不更改。尽管他斥责那些满口谄媚希望他更改主意的元老的话很有道理，但他那种普天之下舍我其谁的自信，使他把不吉利的预言当作儿戏，不听妻子苦苦劝阻，义无反顾地出门，最后丧命元老院，丧命于自己最信任的臂膀之一布鲁图斯及其同伙的刀剑之下。

布鲁图斯的自信却更显得他是一个极其缺乏政治智慧和谋略的人（说实话，他的共和理念真要成功了，社会能否安宁，政治能否昌明，也未可知），且不说他在至关紧要的场合，竟把话语权全部让给了安东尼，听凭他一个人巧舌如簧地左右罗马市民的观点和情绪，结果为自己招来杀身大祸，共和事业功败垂成，就是他在刺杀凯撒后，竟招呼同伙一起用凯撒的鲜血涂抹手臂，高举滴血的刀剑，走上大街，一路高呼"自由、民主、共和"，你说他这是自信呢还是脑子出了毛病？退上一万步，就算他是天真烂漫，这样"天真烂漫的政治家"，还搞什么政治？他不失败，恐怕天理难容。（后来的欧洲历史上，多少复制了这样可怕一幕的，大概也就是18世纪的法国资产阶级大革命中的雅各宾党人了。）写到这里，不免想起莎士比亚的麦克白和他夫人，杀完国王后，一个感叹，即使倾尽全世界的海水，也洗不掉两手鲜血猩红，另一个后来始终下意识神经质地搓着双手，直到疯癫而死。那是合情合理的人性，而布鲁图斯如此"自信"，恐怕完全超乎人们的想象和接受限度，的确是一个完全不懂政治的人玩水政治，最后淹死在这潭子污水中，的确是一场悲剧。

有意思的是，《凯撒》中布鲁图斯与安东尼在罗马街头面对市民的长篇演说，竟完全可以成为公众讲演的经典教材，无论是布鲁图斯充满激情与真诚的鼓动，还是安东尼凭事实说话、走贴近民众之路的策略，两人的演说均逻辑严谨、推理有力、语言生动、情感真挚，这样的案例，既可以教会我们如何有效进行公众讲演和沟通，有效引导舆论民情，也可以教我们看清演说者语言和逻辑背后的真正意图，不会被他们轻易地感动或蒙骗过去。

不过，布鲁图斯在这一场雄辩较量中输了，而且输得很惨，输掉了自己的理想，输掉了自己的身家性命，也输掉了罗马人的安宁和平。他输的根本原因，其实还不是因为他讲完后，莫名其妙地离开现场，听任安东尼用自己的雄辩把对现场的罗马市民全都争取到了自己一边，而在于他演说的内容。他的确慷慨激昂，但他把调动舆情争取理解的宝，全押在了两样东西上：一是他高尚的共和理念，二是自己"无瑕的名誉"。上文说到他那句著名的自我辩护："不是我不爱凯撒，而是我更爱罗马"，当场赢得罗马市民的热烈支持，他还用修辞性反问对听众问道："让凯撒活着，你们做奴隶，还是让凯撒死去，你们个个自由？"当然，答案一定在他预料之中。这一套策略，一时为他取得了主动。但是，这样的演说策略有一个很大的盲点：听讲的人，由于教育和社会地位的差异，不可能和他真的心往一处想，劲往一处使，支持他，无非是看他人不错，再加现场的群体气氛。

结果，建立在抽象的理念和名誉之上的支持，在以感官冲击和利益诱惑（感动？）为策略的安东尼面前不堪一击。安东尼一上台，嘴里不停地重复着"他们（刺杀凯撒的人）的确都心地高尚"，但每说一遍，就把罗马市民的注意力引向凯撒被刺得网筛子似的尸体和满身遍地的鲜血，用事实彻底推翻民众心目中那些家伙的"高尚"。接着，他又以"凯撒爱人民"为由，一步一步"透露"了凯撒的遗嘱，说凯撒要把自己的花园献作公用，还给每一位市民留下了钱财，等等，但他始终在"吊胃口"，迟迟不把那遗嘱拿出来，直到最后关头，掏出那张纸，一下子点燃了罗马民众对布鲁图斯几人的激愤情绪，局面彻底地、无可挽回地扭转。说实话，布鲁图斯要在现场，没准会被愤怒的人民碎尸万段的。

说到这里，人们不禁会问：凯撒真有那遗嘱？在场的人谁真看见了那张纸片上的字？咱们换个问法：当年美国人在联合国会议上掏出一罐东西，信誓旦旦地说这就是萨达姆化学武器的铁证，在场的人谁怀疑过那罐子里的白色粉末真是什么？有独立的第三方实验室检验证书吗？这就是政治。莎士比亚的布鲁图斯不懂政治，就不该掺和进去的。

剧中的一位人物（布鲁图斯的主要战友凯修斯）为

刺杀凯撒的行为辩护时说了这样的话，"往后多少世代，在今日尚未诞生之国度，用我等尚不知晓之语言，这崇高的一幕将被人不断搬演"，这几行台词现在读来，不禁让人叫绝：莎翁真的是一语成谶！四百年来，放眼当今，不仅《凯撒》依然是莎士比亚保留剧目之一，莎士比亚的戏剧也在世界各地、用各种语言在上演着，《凯撒》中的人物和问题，换了时代语境和语言装束，戏里戏外照样演着。这样的"自赞"，比后生琼森的那句"不属一时，而传万世"，还是要高明不少啊。

且看他们如何拨弄人心

《科利奥兰纳斯》（*Coriolanus*, 1608）

　　无论《凯撒》中的布鲁图斯犯下了怎样幼稚的错误，那毕竟是出于民主共和的理想，然而，他为之付出生命和声誉的罗马民主，在实践中是否就那么完美呢？莎士比亚用几年后写成的《科利奥兰纳斯》从一个角度做了回答。

　　科利奥兰纳斯英勇善战，为罗马立下累累战功，被推荐进入元老院。当然，他还必须经过一道程序：到市集去裸露上身，让市民看看并点数一下他身上、特别是前胸的伤痕，以证明他的英勇，并得到市民欢呼首肯。这就相当于上面提名，下面投票的意思。这时候，两位"护民官"（亦称"保民官"）立刻警觉起来，担心自己的政治利益将受到损害，因为科利奥兰纳斯向来与他们不和。

解释一下罗马民主设计中的"护民官"：他们由罗马市民选举产生、代表市民利益与元老院沟通交涉，他们可以出入元老院会议，向元老院反映市民诉求，同时也向广大市民传达并解释元老院的决议。这样的设计，似乎就是现代议会制的先驱了。"护民官"有一个特权，他们的身体和自由，任何人，包括元老院都不得侵害，除非被判有罪。现代议会制中的议员代表什么的，同样拥有许多的特权，与"护民官"形式不一，本质相同。

回到戏里。两位"护民官"不仅政治嗅觉灵敏，策略也十分了得。他们利用科将军极度傲慢自大、极度鄙视市民"群氓"的致命性格弱点，挑拨他与市民的关系，激化他与市民的矛盾冲突。结果，不久前还夹道欢迎获胜将军的罗马市民们（很大程度上是因为科将军带回了可以换回巨额赎金的俘虏），立刻反转过来，对他群起而攻之。科利奥兰纳斯不仅失去了进入元老院的资格，竟然被宣布为共和国的敌人，人身安全都处于极度危险之中。他震怒之下，弃国而走，勾引外敌来向罗马复仇。可在此危急关头，"护民官"却成了"保命官"，完全没有了自己做事自己当的勇气，将前去劝阻科利奥兰纳斯停止进犯祖国的使命丢给了将军的母亲与妻子。当然，这又是击中要害的一招：科利奥兰纳斯虽天性高傲，却是个唯母命是从的孝子（与妈宝男完全不是一回事），戏中屡屡有母亲以爱国、正直、英勇等训诫儿子的场面，每读到这里，"三娘教子""岳母刺字"等我们自己传统里的故事就隐隐浮现。结果，科利奥兰纳斯在母亲和妻子大义凛然的劝说责备之下，在最后关头放弃叛国行为，同时也失去了敌军统帅的信任，返回敌营后被敌军将领设计捕杀。

莎士比亚借科利奥兰纳斯的叛国下场，以另一种方式向伊丽莎白时代的观众提出了《凯撒》中布鲁图斯的问题：蒙受来自国家的冤屈和不公正，作为个人，无论从道义上还是法律上，是否有权做出叛国的行为？莎士比亚似乎没有正面回答，但布鲁图斯最终以悲剧收场，科利奥兰纳斯最终也以悲剧收场，答案似乎不言自明。

无论理想多么高尚，无论冤屈多么深重，煽动颠覆和实施叛国，只能撕裂社会涂炭民众，也使自己与全体同胞为敌。当然，科利奥兰纳斯的死完全符合亚里士多德对悲剧的定义：他身居高位，性格中有两大弱点（自傲和愚孝），而他的最后陨落，从他自身找原因，无非是先因极端的高傲而使自己与全体民众为敌，后因对自负导致的轻信而在关键时刻失去了判断与行动力：他既然听从母亲妻子的劝告决定停止攻打罗马，为何依然回到敌军大营，难道他指望别人会原谅他如此两面三刀出尔反尔的行为？无论政治还是军事，如此不成熟，即便没有性格缺陷，不以悲剧收场恐怕也难。

这部戏里有一条线索，倒是体现了莎士比亚对罗马民主政体的思考与质疑，也从另一个层面呼应着《凯撒》中布鲁图斯和安东尼的"讲演竞赛"（前篇有述），那就是两位"护民官"在科里奥兰纳斯悲剧中的作用，特别是他们拨弄舆情、游说于具有投票权的罗马市民间，以阻止科利奥兰纳斯进入元老院，从而保护了自己的政治利益的那些伎俩。

上文说到，在罗马民主设计下，通过推选任命的护民官，其作用是沟通元老院与广大市民，一方面是将上情下达，但更多的是使下情上传，让元老院能听到民众的声音，并为市民争取利益。法律规定护民官人身不可侵犯，这就使他们有了特权，却也给了他们在上下之间翻云弄雨的可能，他们甚至可以违背这一政治设计本应起到的沟通上下的功能，把它当成瞒上欺下以达到自己利益最大化的工具。戏里的两位护民官就是这么做的：他们意识到科利奥兰纳斯进入元老院对他们不利，便在科氏与市民之间挑拨离间，在元老院里，当着科利奥兰纳斯的面，他们夸大市民的反对情绪，回到市民中间，他们又竭力渲染科氏的傲慢态度；当科利奥兰纳斯与市民发生口角爆发冲突时，他们又火上浇油，唯恐天下不乱，最终酿成科氏与民众的公开决裂。从头到尾，元老院和科利奥兰纳斯了解的"民众意见"，是两位护民官传达的，科利奥兰纳斯对罗马市民如何态度，罗马市民在很大程度上也是从护民官嘴里听到的。罗马政治体制的上下层之间隔着这么一层"中间层"，让上下失去了直接接触沟通的机会，也为各种转换、扭曲和变形留下了足够的空间。

看来，莎士比亚是希望观众想想，有什么办法来制约一下这样的护民官，或者是，如何修改一下这样的政治设计，确保中间层在享有特权的同时，对上对下都产生正效用。谁能保证坐在观众席上的，没几个体制顶层设计师？

怎么能确定那就是莎士比亚的希望？看看他怎样"篡改"历史就明白啦。在历史上，护民官机制产生于科利奥兰纳斯进入元老院之后，而他与护民官的冲突，也发生在与罗马市民的冲突之后。莎翁如此"编造"历史，深意不言自明。

更有意思的，是莎士比亚这两部戏中罗马民众的形象。曾有人指责莎士比亚丑化民众，其"证据"多来自他的两部罗马戏，但这恐怕是冤枉了莎士比亚，或是没看出他的深意。的确，就《科利奥兰纳斯》而言，罗马市民除极少数外都表现出典型的"群氓形象"：无首、无智、无知、无常。戏开始就是一场骚乱，营造了一片因市民暴动、政局动荡而起的强烈的不安情绪。紧接着，市民对凯旋而归的科利奥兰纳斯评头论足，除了说他是为国家贡献英勇的，还有说是为自己、为母亲的，更有指责他走路的姿势显得太傲慢的，纷纷纭纭，莫衷一是，就连他们自己，都十分清楚这样"多头群氓"的特征。

"群龙无首"，无法形成集中统一的声音。不仅如此，他们对巧舌如簧的护民官绝对信任，在行动中出尔反尔，表现出相当明显的非理性和反复无常：以震天的欢呼迎接凯旋归来的科利奥兰纳斯的是这些人（"哑巴争着去看，瞎子争着聆听，女性挥舞围巾手绢，贵族鞠躬，平民震天地呼喊"）可一听完护民官的挑唆立刻改变主意，说自己被愚弄了，立马要去推翻对科利奥兰纳斯的任命；两方发生剧烈冲突后，群起附和护民官、将科利奥兰纳斯逐出罗马的也是这些人。罗马民众所表现出的，完全是一股无理性、无法捉摸、不可预测的疯狂力量，是社会和政治安定的对立面。

但是，这能怪罪普通罗马市民吗？莎士比亚是在怪罪他们吗？《凯撒》中两位政治家口若悬河，老百姓怎么听怎么有道理，他们既不属于布鲁图斯集团，也不与安东尼为伍，哪里能明白躲在雄辩言辞背后的利益啊？《科利奥兰纳斯》中，两位护民官同样口吐莲花，百姓不听自己的代言人，还能听谁去？因此，与其责怪莎翁丑化民众，不如说他揭开了政客和所谓的民众利益代言人的面具，让当时和后世的老百姓们逢事多长心眼，多问几个为什么，不要轻易被那些人鼓动起来，最后还是自己吃亏。只是，这样的教训，多少人看到了，领会了，付诸行动了呢？还真不好说。所以，再多读读莎士比亚，读得再细一点吧，有用的。

第
4
场 / 旷世情，今安在（上）

《安东尼与克利奥帕特拉》 *(Antony and Cleopatra, 1606)*

　　莎士比亚写爱情，多放在浪漫喜剧的氛围之中，让少男少女在打情骂俏中释放纯真可爱，虽不乏误解冲突，总能以热烈欢快的牵手满足观众的心情。不过，他也写了两部大大的爱情悲剧，让男女主人公以烈焰般的爱情开始，以香消玉殒山崩地缺的悲剧告终，给世代人留下的惋惜和痛心，恐怕是超过了那些喜剧的。这两部戏，一是《罗密欧与朱丽叶》，另一部就是《安东尼与克利奥帕特拉》，尽管后面这部以古罗马历史为背景的戏，其名声多少有点受到那部银幕经典《埃及艳后》的影响，两位千古恋人之间那惊心动魄、吞噬一切的爱情，也足以使这部戏位列莎士比亚大悲剧之典了。常有人感叹，安东尼和克利奥帕特拉的炽热爱情超越了政治和地位考量，面对毁灭同样义无反顾，足可以旷世之情来称赞。不过，大概是《埃及艳后》太深入人心了，影片中女王妖艳迷人的异域风采、安东尼雄伟刚烈的罗马气质，都让人以为莎翁的戏也无非如此。可是细细一读剧本，情况似乎不尽如此：莎士比亚的重点其实并不在爱情，至少并不以刻画这一段爱情经历为目的，而是把两人的爱情无情地抛进一系列的对抗之中，让戏一开始就已经处在成熟巅峰的爱情，一步一步在埃及和罗马、欲望和责任、床笫和战场、激情和理性的冲突中被撕裂，并毁灭了这一对悲剧男女主人公。

其实，莎士比亚从戏的一开始就为安东尼对克利奥帕特拉的"爱"定了调，那是"迷恋"，而且是"超越限度的迷恋"，而正是安东尼对克利奥帕特拉这样超越理智、常伦、责任的迷恋，将安东尼本人推向毁灭。

戏里的安东尼，就是莎士比亚的《凯撒》里那位头脑清醒、明察情势、雄辩如滔滔江河、策略下能屈能伸、最终扭转局势取布鲁图斯而代之的政治枭雄，可到了

《安东尼与克利奥帕特拉》，轮到他出来做主人公了，他的言行却似乎有些毁三观：他作为罗马帝国三大支柱之一，明明有妻室在家，却在为国征战时移情别恋，还不知道是不是那女王为保护国土而施的美人计，竟放纵自己流连于床笫之间而乐不思罗马；后来即使妻子病故，续弦的也是他罗马三执政的同事（小）凯撒的妹妹，这是一桩明摆着的政治婚姻，而且这么一来，那女王只能继续做"三"。安东尼嘴上虽然表示不满，还向埃及女王信誓旦旦，但谁知道那是真心话还是哄小三的托词？因为在戏里，凯撒的属下提出让其妹嫁与安东尼的建议后，凯撒本人倒还担心会让克利奥帕特拉生气，可安东尼竟没有表示出明显的不同意。再说了，即使我们相信安东尼的话，相信他始终情归同一人，可接二连三的移情别恋，无论如何激越真切，总归是在婚外，总归是把埃及艳后放在了"三"的位置上。这样的婚外虐恋，最终造成政局混乱，内战外战接二连三，安东尼于政治于道德，似乎都很难说得过去。悲剧倒的确是悲剧了：个人性格上的弱点，导致个人毁灭，国家政治也跟着遭殃，是不是太任性了点？

　　说到任性，戏里的艳后克利奥帕特拉也相当地任性，她仗着自己的妖冶魅惑，管他什么政治和战争，统统得由着自己的性子来，几乎到了集"作女"之大成的地步，但事实上，莎士比亚通过细节把握和塑造人物的手法，在塑造克利奥帕特拉的形象上同样令人击节赞叹。戏一开始，明明是安东尼耽于埃及迷情而抛却罗马，克利奥帕特拉却还是不依不饶地追问他到底爱自己到了什么地步；躺在她怀中的安东尼得知国有内乱和妻子死讯，向她告假离开，本来嘛，情人死了原配居然没有一丝难过，对第三者似乎应该是个好消息，没想到克利奥帕特拉竟一句酸不溜溜的"她死了你是这个样子，将来我死了，我也推想得到你会怎样对待我"，把安东尼塞得半晌回不出话（这样的场景放在今天，是不是也没有什么违和感呢）；安东尼暂时回罗马处理国家政务，克利奥帕特拉竟每天派一个信使前去打听情人的消息（有没有想到时下一小时发一条微信追问情人下落的人们？）；再听听克利奥帕特拉得知安东尼娶了凯撒的妹妹后对探子的那一番细细询问，从头发问到眼睛，从脸型问到身高，明明就是一个生怕自己风头被人抢了去的小女人形象，直到听说那女人原来是寡妇，而且相貌平平，方才的妒意竟消了大半，一句"那女人简直算不得什么"，显露出她对自己美貌与对安东尼的魅惑力具有完全的信心，道德法律诸事，甚至连小三的地位，好像都不在她的话下。事实上，戏台上的这位，哪怕不是埃及艳后，而是芸芸女子中的一个，我们也不会觉得陌生。莎士比亚将生活融入剧本演上舞台的本事，真的好生了得。

莎士比亚笔下的克利奥帕特拉，敏感且高度神经质，在不少场合的台词对话中，我们都能发现她屡屡拦人话头，而她"替人"说出的话，恰好是她内心中最不愿意听到的。开场时她"质疑"安东尼对她的爱，总是不等后者说完就用"我知道你其实不爱我的啦"之类的话去抢白；她派去打听安东尼行踪的人回来复命，没开口说半句话就被她"他死啦""还是死了的好"之类的话噎了回去。从心理上说，这样把问题往最坏处想的抢白实际上是为了掩饰自己的极度焦虑和担心，而她得知安东尼大败于陆海战场，担心（实际上是认定）安东尼会将失败怪罪到自己身上，竟然想出了用假传自己死讯的馊点子去试探（其实是绝望中想挽回）安东尼对自己的爱，结果后者竟然相信了这一假消息，自杀殉情。

不过，无论是安东尼还是克利奥帕特拉，无论我们如何指点他俩的爱情有多少可叹可惜甚至可恨之处，他们轰轰烈烈的爱，还是超越了世俗的界限和常人所能理解的范畴。女王要安东尼把对自己的爱"说说清楚"（这和世世代代的少男少女是一样的）时，安东尼不假思索地回答道："能计算清楚的爱只是乞讨"；女王坚持要他说出爱到什么地步，安东尼回答道，"那我就得去发现新的天边地界"，怎么听，都让人想起那句"一万年再加一天"的爱情名言。安东尼另外还有一点值得称道：尽管他一阵痛骂中把关键一战溃败的责任归到克利奥帕特拉头上，免不了陷进"女人误国"的老套，但当得知女王为此死去，他没顾得上确认消息真假，立刻结束了自己的生命，只求临死前能将嘴唇最后一次贴在克利奥帕特拉的唇上。再看克利奥帕特拉，爱人已死，她也失去了活下去的愿望，也为了使自己免受屈辱，在囚禁中精心设计了自己的死法，追随自己的至爱而去。这样的爱，的确是荡气回肠，刚烈决绝，刻骨铭心。两人用一死来跨越人世的政治纷争和社会伦理刻下的鸿沟，到另一个世界里去永浴爱河。

在视死如归这一点上，安东尼与克利奥帕特拉和罗密欧与朱丽叶，颇有共同之处，而这两部戏的悲剧主人公所表现出的敢爱敢恨，敢生敢死，只听从内心召唤，不考虑外在一切——无论金钱地位，权势政治，这样的爱，这样的恋人，现在恐怕真不大好找了。正因为如此，莎士比亚这两部爱情悲剧的意义还在于，两对恋人一定能激发起我们人性深处共通部分的阵阵涟漪甚至巨浪。

悲劇

第四幕

第1场 | 旷世情，今安在（下）
《罗密欧与朱丽叶》（*Romeo and Juliet*, 1595）

　　莎士比亚笔下有两部悲剧，戏中人爱得活来死去，那炽如烈火的爱，熊熊燃烧，最后烧死的，都是相爱的男女主人公。这两部戏就是《罗密欧与朱丽叶》和上一幕说的《安东尼与克利奥帕特拉》。同样义无反顾的爱，冲破一切家族、社会、政治、军事的藩篱，男女主人公就是心心相向，就是要在一起。同样撕心裂肺的诀别，生虽不能同时，死也要在一起，在悲情之上更蒙了一层决绝的壮烈。两出悲剧，两对恋人，让古往今来多少人感叹唏嘘。

　　当然，罗马巨头和埃及艳后那样的爱，普通人只可远观，吃吃瓜，叹叹气，离我们更近一些，似乎可望亦可即的，恐怕是罗密欧与朱丽叶。十四五岁少年的纯情燃放，在上几代人眼中还嫌"早熟早恋"，可现在，恋爱的甜美与失恋的苦痛，对我们与那两位永世恋人几乎同龄的孩子而言，早已不是什么新鲜的经验。纯情跳荡、变幻莫测的情感，置家族仇亲友恨而不顾的任性，生死抉择关头的淡定，总有一款能拨动当代热恋少年的心弦。

其实，罗密欧在溜进仇家的假面舞会时是有一位女友的，但我们很少能指责罗密欧的见异思迁。无论被他劈腿的那位罗萨琳姑娘如何委屈，无论她与后来的朱丽叶在方方面面如何比较，爱的冲动选择本来就说不清楚，即使朱丽叶在罗密欧眼里是唯一的太阳，她在旁人眼里也未必如此，但这关旁人什么事呢？不是连那位神父事后也草草责备几句之后就屁颠颠地为罗密欧张罗起婚事了吗？罗密欧在舞会上对朱丽叶一见倾情，视觉动物本能毕现，两人隔着舞会面具调情，男孩的索吻和女孩的欲迎还休，在莎士比亚那一段十四行诗风格的对答台词中表达得淋漓尽致，特别是最后两行中朱丽叶的"圣人不动，尽管他已经应允"和罗密欧的"那就别动，让我来领取圣人的恩典"，把男孩儿的荷尔蒙冲动与女孩子家的矜持小心思写到了极点。此后，一吻定情，两人的爱从此走上不归路。真诚的冲动，实属天性，旁人真的管不得许多，也管不了的。

曾有《罗密欧与朱丽叶》的年轻粉丝愤愤不平地质问：如此感天动地的纯情悲剧，为何总进不了莎翁"四大悲剧"的殿堂，难道只有帝王将相的死才能跨过那道门槛吗？这倒也未必。首先，悲剧喜剧什么的，是后人或任性或认理的划分，那理就是亚里士多德对悲剧的定义，即"悲剧是展示高贵者因内在的性格缺陷而毁灭（跌落）"，说明白了，是品行或地位高尚之人，因自己的性格缺点而导致悲剧，因此，悲剧拷问的是人性人心，悲剧的根源在我们自己，而非外力。对罗密欧与朱丽叶而言，无论他们的爱有多纯真，无论他们的死有多感人，他们听从内心并没有错，而毁掉了他俩生命中那有价值的东西（借鲁迅的悲剧定义）的，是所谓的命运无常，是那无形无影、看不见够不着的东西，超越了他们以及所有人类的控制范围。于是，他们的悲剧是不幸，这一点，莎士比亚在戏一开始就用"一对星运犯冲的恋人"一语说得再明白不过了。不是吗，那么多的意外，怎么偏偏都赶到一块儿了：给罗密欧送信的神父因城里的突发事件无法出城；毫不知情的罗密欧赶到朱丽叶家族墓穴里时，那姑娘药性未过；等神父算好朱丽叶苏醒的时间赶过去，却发现一切已经太迟。一切的一切归到源头，就是人算不过天算，而那些信息不畅，放在今天，恐怕都不是个事：不就是该送的信息没有送到吗？发个微信什么都解决了，当然，也还有不在服务区、电量低、忘带手机之类的意外，但这不是正好说明罗密欧与朱丽叶的爱情与悲剧永远不会过时吗？当然，如果你受不了两位恋人这么悲惨地死去，想把这部戏改成让人一惊一乍的喜剧，这也是你的权力。回到正题：拷问自身的悲剧，能引发人们的同情与反思，而来自命运的悲剧，人们只能一声叹息了。

不过，罗密欧与朱丽叶就真的可以把悲剧的责任完全推给"星运相冲"吗？似乎也不能这么看，因为他们自己也是有责任的，那就是少男少女天性中的冲动，以及因冲动而起的不顾一切后果的恋爱速度。稍微将一下他们的"爱情时间表"，你会发现他们的进程快得让人喘不过气来：罗密欧白天在朱丽叶家的化装舞会上一见钟情，当晚就摸进女孩家的花园，来了一段流传至今的阳台倾情；第二天一早，罗密欧就去请神父为自己和朱丽叶举办秘密婚礼；随后，罗密欧在与朱丽叶家亲戚的街斗中失手杀人被驱逐出城，临行前与朱丽叶偷偷共度一宵；紧接着，朱丽叶为逃避父母安排下的婚约，按神父的设计假装服毒自尽；再往后，就是人人熟知的悲剧大结局。真不知道往哪两个环节之间可以多插进几天，让这对年轻的恋人多享受几天纯真的爱和美好的生活！

这样的快，是因为最纯粹的天性使然；这样热烈迅速的爱，往往连当事人自己都未曾明白到底发生了什么（"化学反应"总是突如其来，永远设计不到的，这正是爱情最美好的地方），来不及考虑前因后果（家族利益、父母教训，全被抛在了脑后），来不及担心未来（万一父母断了他们的生计如何是好；双方家族把他们活生生分开如何是好），就一头扎了进去，顽强地、痛苦地在幸福的感觉中向前突进。爱已经被点燃，烧起了明亮美丽的光焰，但是，也正因为如此，老天安放在他们身上的能量，很快就燃尽成灰。如流星，耀眼而迅疾，转瞬即逝。

可是，我们能指责这对年轻人吗？我们忍心指责他们吗？他们炽热纯情的爱，他们无视家庭束缚、跨越社会"规范"的行为，是他们的权利，是人的权利；他们用自己的生命让家长们意识到为家族利益争斗的可笑、可悲与可恨，罗密欧与朱丽叶悲剧的更大意义，恐怕就在这里：年轻一代用自己的鲜血和生命，反照着老成的一代和老去的一代的荒唐可笑和可悲。他们是不是也能从罗密欧与朱丽叶各自家长在悲剧之后的幡然猛醒中学到一点——至少反躬自省，找找自己年轻气盛时是否还有过一段类似的初心。

罗密欧与朱丽叶，旷世之情今安在？当代的年轻男女，自己的事情太多，在投入恋爱前要考虑的事情也太多，正应了哈姆雷特那句"思考太多，就失去了行动的名分。"，因此，他们对罗密欧与朱丽叶这段旷世的爱情，大概也只能徒生羡慕了。不过，能有羡慕之心总是好的，说不定哪天，漫天星辰里划过一颗与你平行的星，让你心一动，追上去相伴，便能光亮一生呢？

第 2 场 你的哈姆雷特是哪位？

《哈姆雷特》 (*Hamlet*, 1600-1601)

知道莎士比亚的人，没有不知道《哈姆雷特》的；知道《哈姆雷特》的人，恐怕也都知道"一千个读者就有一千个哈姆雷特"这句话，不过，要知道别人的哈姆雷特是哪个好像比较容易，要找到自己的那个哈姆雷特，就得费上一点儿功夫了。原因？《哈姆雷特》和哈姆雷特充满了神秘，到处是莎士比亚留下的空白，要钻进去寻找，再拿着能自圆其说的观点钻出来，才算是找到了自己的哈姆雷特。这部让演员们念了差不多三千九百行才让那位丹麦王子勉强报了早在戏开场前就发生的杀父之仇的戏，演在台上是用来听的，印在纸上是用来绞脑汁的。观众走进剧院，是为了听新王寡后如何劝哈姆雷特节哀顺变，听为父的波洛纽斯如何向执意去法国花花世界见世面的儿子晓以处世之道，听遭遇重大情感创伤的王子如何在生存与死亡之间纠结挣扎，一直听到最后，是那句让人脊梁发冷的"余下的都是沉寂"。

但，那都是人家的哈姆雷特，要找自己的那一位，得翻开剧本，一行一行读下去问下去想下去，在字里行间找缝隙，在缝隙里面找线索，找到能够拼装起自己的哈姆雷特的那些因素来。莎士比亚密码，其神秘有趣恐怕无人能望其项背。

比如哈姆雷特在参加完母亲与叔叔新王的婚礼后讲了一长段令人痛彻心扉的独白，第一句就是要让肉体"消了化了散了"，但当年用羽毛笔写在手稿上的字体太花，墨迹散漫不明，各种演出底本又多，那个形容"肉体"的词，到底是"太过坚实"还是"太过肮脏"，一词之争已有几百年。切勿小看这不同的取舍，那可事关你的哈姆雷特。如果是"太过坚实的肉体"，那很可能他说的就是自己，要让自己"坚实的"肉体消了化了散了，就是在暗示想要自杀，所以就有了后一句，埋怨上帝干吗要定下规矩不能自杀。这么考虑当然有道理：兄死弟承，于法有依；新王执政有方，得宫廷上下认可支持；连刚死了丈夫的母亲也站在小叔新王一边，劝哈姆雷特接受新王从"我的侄"改口"我的儿"；而哈姆雷特从海外留学匆匆回来，本以为是来奔丧的，谁承想一脚踏进了母亲的婚礼，要他从极度的悲伤突转入欢欣喜悦，理智与情感当然无法接受如此巨大的变故，一时想不开了，就想一死了之，实属自然，但基督教教义不许自杀，这就使本来已极度痛苦的他更加痛苦了。

不过，那"太过肮脏的肉体"一说也完全有道理，只不过一词之差，结果就完全不一样了：那明显指的是哈姆雷特难以接受母亲改嫁的事实，认为母亲违反了道德伦理，玷污了自己的肉体。这样一来，所谓让肉体"消了化了散了"，就有了要弑母的意思。后来老哈姆雷特的亡魂警告他，对母亲可以用言辞之刃刺之，但绝不可真的动刀，再后来，哈姆雷特在母后寝宫里情绪失控，又是这亡魂飘出来警告他"别忘了我的话"。鬼魂为何要这么说？难道它已感应到哈姆雷特潜意识中有了要让母后那"太过肮脏的肉体"消失的意图？选哪个，哪个就是你的哈姆雷特。

再看剧本里的另一条裂缝。新王怀疑哈姆雷特突然精神失常实有深意，但大臣波洛纽斯坚持认为是自己不许女儿与王子恋爱，遂使后者失恋而疯——所谓花痴，于是建议让女儿奥菲莉娅前去见哈姆雷特，他和国王则躲在一边刺探真相。哈姆雷特在与奥菲莉娅的对话中，四次让她"到修道院去"。四次同一句台词，你让哈姆雷特怎么说？其一：王子一见奥菲莉娅来还自己送她的小礼物，便认定自己心爱的姑娘背叛了自己，冲着她一顿愤怒的宣泄，连续四次诅咒她去修道院，意思是永世不要结婚生下害人的后代。若如此，那先后四句"去修道院吧"，念起来的语气应该是差不多的。不过，完全有另一种可能：哈姆雷特仍然爱着奥菲莉娅，见她前来归还礼物，意识到这位单纯的姑娘正处于极大的政治阴谋和家庭压力之下，便建议她到修道院去暂避一时，于是说了前两句让她去修道院的话。说着说着，他敏感地觉察到奥菲莉娅有些不自然，便单刀直入地质问她此来是否为父亲和国王所指使，姑娘的言辞闪烁使敏感的他认定奥菲莉娅也背叛了他，这使他彻底丧失了耐性与信任，于是，接下去的那两遍"去修道院吧"，话语里充满的是愤怒、绝望与诅咒，心里最后一点美好的东西碎了。这样不同的哈姆雷特，哪一个是你的呢？

还有一处细节也颇有意思。哈姆雷特的两位老同学受国王指示前去探望，试图刺探出王子疯疯傻傻的原因，哈姆雷特冲他们讲了一段著名的话，大意是人是一件多么了不起的杰作，如何理性高贵、力量伟大、仪表优美、举止文雅，如何像天使天神，简直是"宇宙的精华，万物的灵长"，云云。向来的解释是，这段话表明莎士比亚的人文主义情怀和对人类的颂扬，因此，演员演到这里，情绪必定慷慨激昂，语气必定是满满的崇敬和自豪。但这也许是掐掉了前因后果的"莎士比亚语录"，犯了"选择性忽略"的忌讳，再加上我们一厢情愿的理解，因为事实也许并非如此。

当然，把人称为"杰作"，赞扬其高尚智慧能干等，的确是文艺复兴时代人们眼光从天转向地、从上帝转向凡人的结果，人类似乎无所不能，成了宇宙的中心。但无论如何，在莎士比亚的文化语境下，人始终是上帝的作品，还因忤逆上帝被赶出了天庭，而且哈姆雷特身边几乎所有的王公贵族都参与了新王的阴谋，连母亲和女友也"倒戈"了，这样的人，如何能诱发他那高尚热烈的人文主义情怀呢？果然，紧接着上面那句话的，就是"可是在我看来，这一抔黄土捏成的生命算什么东西？"原来如此！原来身边一地人渣才是他的真心话，原来在哈姆雷特，至少是此时的哈姆雷特的心中，人并不是那么的高尚高贵，恰恰相反，他身边的人，极尽虚伪奸诈，背叛的、告密的、暗算的，这样的人，哪里能算什么东西！这样想来，他的那段话实际上是充满了激愤的反讽，和他稍早些把丹麦比作一个荒败腐朽的花园倒有着异曲同工之妙。如果这是你的哈姆雷特，你觉得他会怎样看待人是万物灵长这一当时盛行的人文主义观念呢？你会用怎样的语调、表情和情绪，在台上念出这段台词呢？

所以，《哈姆雷特》的有趣之处，远不止叔叔弑兄夺嫂、侄子愤而复仇的故事，对当今的人们来说，《哈姆雷特》

的故事早已不新鲜，情节也十分简单，但真正有意思的，是去寻找隐藏在字里行间的线索和趣味，得带着满心的疑问去读剧本。比如：为何格特鲁德似乎不太抗拒夫死随叔？她和小叔子克劳迪奥之间此前到底发生过什么？为什么王后在整个戏里都处于"失语"状态，而她在最后关头的一个"主动"的行为（不顾克劳迪奥劝阻、喝下他为哈姆雷特"庆功"而准备的毒酒）却成就了哈姆雷特的复仇之举？哈姆雷特费尽心（思考）血（行动），以尸横满台的结果报了杀父之仇，可为什么王冠却落到了赶巧路过、在这近四千行的戏中并没有几句台词的福丁布拉斯头上？而他的好友霍拉旭，从头到尾旁观并不时参与了这一场悲剧，可他的使命仅止于"活下去讲述这一场悲剧"，凭什么？

莎士比亚没有把谜底告诉我们，谁也不可能声称找到了"就是那一个"答案；我们能成就的，最多就是小心翼翼拿出一个能自圆其说的"我的"哈姆雷特。这就是《哈姆雷特》永远神秘与神奇之所在。

种族歧视还是人性缺憾？

《奥赛罗》 (*Othello*, 1603-1604)

　　莎士比亚大悲剧《奥赛罗》的故事，无论观众读者都已相当熟悉：供职威尼斯的摩尔大将军奥赛罗人品高尚，战功显赫，既成国之栋梁，又得美丽纯真的苔丝德梦娜的芳心。两人的闪婚激怒了姑娘的父亲、威尼斯元老勃拉班修，但恰逢外敌入侵，国家用人，再加上女儿本人信誓旦旦的表白，为父的也只能忍气吞声。伊阿古与凯西奥是奥赛罗的两位副将，形如左右手，但前者觉得后者更受重用，又怀疑奥赛罗曾对自己的妻子有不轨之举，妒恨交加，决意设计毁掉奥赛罗与苔丝德梦娜的婚姻。他在轻信的奥赛罗、无辜的苔丝德梦娜和头脑简单的凯西奥之间如鱼得水，成功燃起了奥赛罗的熊熊妒火，最终吞灭了奥赛罗和苔丝德梦娜。当然，为了"诗的正义"，伊阿古也受到了应有的惩罚。

当代人（特别是当代欧美人）演绎奥赛罗的悲剧，总喜欢纠缠于奥赛罗的摩尔人身份，在"族裔"一事上大做文章：摩尔人肤色偏暗，在戏中，被惹急了的苔丝德梦娜的父亲，顾不得政治正确与否，冲着奥赛罗就骂他是一头"黑公羊"。奥赛罗本人在怀疑妻子为何不爱不贞时，也把肤色黑了些、年纪大了点作为很重要的解释。于是，在演出中，不仅奥赛罗的肤色越涂越黑，简直到了混淆北非与中非南非人肤色的地步，用黑人演员来演奥赛罗，也几乎成了导演不必多想的选角方案——至少可以省去白人演员把脸涂黑之苦嘛。另外，在演出中明指暗示，处处加强种族冲突的戏份，非把奥赛罗整成族裔斗争的牺牲品不可，与《威尼斯商人》里的夏洛克多少有些异曲同工。

不过，莎士比亚还是超越了当代人的浅薄和限制的。试问：《奥赛罗》之为悲剧，难道主人公非（浅）黑肤色不可？奥赛罗在威尼斯廷上举足轻重，官至大将军，凭的是军功与人品，上至元老，下到官兵，众人似乎并不怎么在意他的肤色。奥赛罗获得苔丝德梦娜的青睐，也是因为军功与人品，加上姑娘家对英雄的崇拜与怜爱，肤色更没有成为障碍。真把奥赛罗演成个白人将军，全剧恐怕删不了几处戏，改不了几句台词，但悲剧恐怕依然成立。为何？因为莎士比亚并没有那么多的族裔偏见，奥赛罗的悲剧与族裔无关。事实上，奥赛罗的悲剧，是人的悲剧，是人性的悲剧，是千千万万个你我他都有可能跌进去的悲剧。

的确有人认为，"自卑情结"与"无端猜忌"，联手把奥赛罗送进了悲剧。所谓"自卑情结"，乃一种心理症候，有此情结者，时时觉得别人会因自己出身、门第、颜值、智力、钱包等方面的欠缺而小看自己，从而导致行为过激。有此情结过度者，可以超常规的努力与速度奋力往社会阶梯上攀爬，同时在潜意识里依然极度缺乏自信，"疑人偷斧"式地把别人的眼神举止都往"瞧不起我"的方向去领会。莎士比亚刻画的奥赛罗，似乎正好体现了"自卑情结"的心理症候，促成他对伊阿古的骗局深信不疑：妻子与年龄相当、肤色相仿的凯西奥友好相处，却被他最终认定是妻子暗中劈腿，他说自己"年纪的确大了点""皮肤的确黑了点""嘴巴的确笨了点"，老夫少妻，出这样的问题在所难免；尽管在理智上他竭力说服自己要相信妻子的忠贞，尽管他一开始就表示"能够理解"，但我们都明白，等需要理智来做出特别努力时，本能的情感冲动往往已成脱缰野马，难以控制了。在当今社会，生活的流动性前所未有，这样的"自卑情结"若发展到极端，常常使当事人产生心理扭曲，使"门不当户不对"的恋爱婚姻产生问题，甚至导致情感破裂和家庭悲剧，更使同学同事朋友之间的情谊变味，甚至造成无法挽回的悲剧。所以，看《奥赛罗》，恐怕并不需要在乎他的肤色和种族。

不过，对当今的人们，《奥赛罗》似乎还传达着另一层更有意思的教训。事实上，要说奥赛罗对奸人伊阿古言听计从，也多少有失公允。从剧情上看，他对伊阿古的每一项指控，都必须亲自调查坐实，从不盲目听信。"一定要亲眼看见，我才能相信（你的话）"，这是他时时挂在嘴上的话，他也一直这么做的。当伊阿古暗示说苔丝德梦娜与凯西奥走得"有点近"，他一定要去目睹两人的确有说有笑，甚至还似乎有点肌肤之亲；当伊阿古假装无意中提到了那块绣花丝巾，奥赛罗一定要回到家中细细考问究竟；当伊阿古告诉他苔丝德梦娜与凯西奥已进入谈情说爱的程序，他一定要去躲在一旁，目睹（注意：不是听见）凯西奥与伊阿古谈起"苔丝德梦娜"（其实他们谈的是凯西奥的情妇比央卡）时的放荡与不屑。正是这追求真相的"格物致知"，正是"眼见为实"的原则，让我们眼看着奥赛罗一步步朝真相的反面走去，最终付出了自己和他人生命的代价，而更可悲的是，他到死都没有意识到"眼见未必是实"这一道理。

于奥赛罗而言，"眼见不实"有内外两个原因：外因自然是伊阿古的奸诈设局，内心则是他自己的心魔。伊阿古的设局恰到好处，每一局都将奥赛罗安置在可以亲眼看见视线内事实、却始终看不见视线外事实的地方，而奥赛罗自己的心魔，则使他坚信自己看见的局部现象就是事实。这恰好应验了心理学上的一条观测结果：人们倾向于相信自己（因信仰或猜忌）愿意相信的东西。麦克白是这样，只相信女巫预言他要获得王位，却不（愿）相信女巫预言他的后代无法坐上王位，麦克白的心魔是野心；奥赛罗也是这样，只相信伊阿古关于凯西奥不忠、苔丝德梦娜不贞的谗言，将亲眼目睹的所有"事实"（其实只是被设定的现象）都认作是妻子出轨的证明，他心魔则是"自卑情结"。不过，奥赛罗的悲剧似乎更接近古希腊经典悲剧《俄狄浦斯王》所传达的那个"悲剧反讽"：人越是自以为在逃离危险，他往往正冲着那危险而去。这是古代哲思对人之命运的悲观思考，到了莎士比亚手里，也成了对文艺复兴时代人乃天地灵长、无所不能的观念的一种拷问：人啊人，恐怕远没有那么万能吧。

尽管当代人焦虑更多，提防心魔作祟十分迫切，然而若能时刻意识到"眼见未必是实"，甚至"眼见多半为虚"，可能更加有意义了。奥赛罗和我们所有人一样，相信自己的感官，这似乎没错，但悲剧在于，他不明白即使在没有心魔干扰的情况下，人本身也是有限的个体，就像单个的摸象盲人，他们根本无法看见整头大象，能掌握的只是象牙、长鼻、粗腿、短尾。当今的人们，面对充斥各种自媒体的信息，即使没有各种各样的心魔，忘记了那些信息多少是选择性忽略的结果，忘记了所有的溢美之词都出自心怀各种利益诉求的推手，忘记了那些图像都经过取景、拼贴、P图、美颜等数道工序，只见自己想见的，只听自己愿听的，现实与虚拟之间的距离越拉越大，及至见了真人真相，逃走的逃走，崩溃的崩溃，虽不至于人人跌进奥赛罗的悲剧泥坑，大大小小的亏恐怕要吃上不少的。这样想来，我们离奥赛罗的悲剧恐怕还真的不那么很远，而这样的《奥赛罗》，依然诠释着莎士比亚"属于世世代代"的预言。

第4场 | 超现实与超级现实的大悲剧

《李尔王》（*King Lear*, 1605–1606）

在莎士比亚大悲剧中，《李尔王》的悲剧显得格外神秘深刻，格外震撼人心。究其原因，其一可能是李尔王那神秘的、几乎是超现实的怒气：他动不动就呼天抢地地诅咒女儿，对自己的女儿用尽恶毒的语言，而女儿们的行为，似乎并不该受到这样的诅咒；其二，可能是悲恸欲绝的主人公在暴风雨交加的荒原上那几段呼天"呛"（诅咒）地的台词；其三，可能是那位白发苍苍、神志不清的李尔抱着气若游丝的小女儿，连呼五声"再也回不来了"，依然看着她在自己怀里死去。这样的场景的确令观戏者心碎，甚至有年长的学者说，每次讲授《李尔王》，这都是他无法逾越的一道情感关口。

《李尔王》这部戏，是莎士比亚在 1604–1605 年间写的。早先在英国民间就流传着一则寓言故事，说的是老父亲将家财平分给三个女儿，两个大女儿对老父口是心非，得到财产后嫌弃老父，只有心直口快的小女儿，才真正爱着父亲。当时一部重要的历史著作，也记叙了名为莱尔的英格兰国王与其三个女儿的故事，但不同的是，历史记载中，莱尔王最后在法国军队和嫁到法国去的小女儿的帮助下，战胜了忘恩负义天良灭绝的两个大女儿，重新登上王位。这一点，也成为莎士比亚之后的很多戏剧家改编《李尔王》的依据：他们实在无法承受李尔王和小女儿科迪莉娅的死去，一定要在最后关头反转悲情，添上一道抚慰人心的暖色。

我们也许可以用"老父王散尽财产，却招不孝女百般虐待"来概括《李尔王》，如果看舞台演出，这样的理解似乎没大问题。《李尔王》一开场，就是老王年迈，无法继续治理国事，打算退休，把土地分封给三个女儿，自己则在三个女儿那里轮流寄住，颐享天年。不过他提出了一个条件：三位女儿得向老父表达爱意，老父则论爱封地。大女儿高纳里尔和二女儿里根争相告诉老父自己有多么爱他，可最得宠爱的三女儿科迪莉娅却怼了回去，说自己将来要嫁人生子的，必然要分一部分爱给丈夫孩子，用她的话，"我爱您只是按照我的名分"。老父大怒，剥夺了她的那部分土地，也不给一分嫁妆，让她随法兰西王子去了法国。

但是，令李尔王没有想到的情况发生了。大女儿不满意父亲带着100卫士整天在她家里哄闹，提出要削减一半数量。老父勃然大怒，责骂大女儿没良心，没住到约定的日子，便愤然动身，前往二女儿家。他认定，二女儿一定不会像大女儿那样没有良心。可等他赶到那里，二女儿夫妇先是以"身体欠佳"为由不开门，后来又说他们正准备出门，责怪老人破坏约定，不打招呼就上门，自己也来不及准备。老人一再坚持，可一番又闹又骂的，换来的却是更令他愤然的结果：里根一边坚定地为姐姐的所作所为辩护，指责老父亲的行为太过任性，同时表示，如果他真要立马住过来，可以，把随从再减一半，甚至说，连那25人都不需要，一个都不需要。因为，"一个大家，难容二主"。李尔王受到了更大的打击，内心的怨恨愤怒终于不可阻拦地爆发出来。他用最恶毒的言辞，呼天抢地地诅咒责骂两个女儿，不顾此时天空已乌云密布，暴雨将至，转身朝茫茫荒野踉跄而去。

白发苍苍、衣衫褴褛、身心俱疲、神志恍惚的李尔，在荒原上遭遇了劈头盖脸的暴风雨，然而，这一场暴雨，却浇醒了深藏在李尔内心的人的情怀。他第一次意识到，脱去华彩的王袍，除去绚丽的王冠，他就是芸芸众生中的一员；他第一次目睹并亲身经历了平常人都在经历的苦难；他第一次为其他人的苦难感到痛心，为他们担忧，为他们祈祷。就这样，在狂风暴雨肆虐的荒野上，李尔完成了从神到人的转变，内心的暴烈和痛楚渐渐消退，他开始平静下来，要以百般的坚韧，承受精神和肉体上的打击。

李尔王悲惨境况的消息传到了嫁入法国的三女儿科迪莉娅耳朵里，使她万分焦虑与悲愤。她说服丈夫，率领法国军队攻入英格兰，发誓要让两位姐姐的倒行逆施付出代价，解救老父亲于危难之中。科迪莉娅在荒野上发现了神志不清、心衰力竭的老父亲，父亲的惨状令她心如刀绞，赶紧找来医生，实施救治。不幸的是，科迪莉娅和法国军队被英军击败，科迪莉娅和李尔王也成了阶下囚。随后，邪恶的姐妹因争风吃醋相互残杀而死，同样邪恶的埃德蒙（这条线索我们下面再聊）也在决斗中受伤身亡，但在此之前，他已秘密下令绞死科迪莉娅。最后，满头白发悲伤欲绝的李尔抱着气若游丝的科迪莉娅，千呼万唤，也无法唤回心爱的女儿，在连续五声痛不欲生的"回不来了"的呼唤中，李尔的生命也就此终结。

《李尔王》还有一条副线，由父亲格罗斯特和他的两个儿子埃德加与埃德蒙之间发生的故事组成。格罗斯特是李尔王的臣下，大儿子埃德加是他的嫡生儿子，而埃德蒙则是庶出，即私生子。由于当时的财产及爵位继承都以嫡生长子为序，同样相貌英俊、思维敏捷的私生子埃德蒙便无法享有分享父亲财产与地位的权利，这使他暗暗怀恨，设下圈套。对父亲谎称埃德加要设计害死老爸，以便尽早独占财产。格罗斯特似乎偏爱私生子埃德蒙，挺随便地就相信了他的挑拨中伤，挺随便地就剥夺了嫡生儿子埃德加的继承权，并把他逼出家门，埃德蒙如愿以偿，但并未就此停手。他随即串通李尔王的两个大女儿，向她们诬告自己的父亲格罗斯特谋反。结果，当格罗斯特前去指责她们的无耻行径时，她们把他绑在椅子上百般凌辱，还挖掉了他的眼珠，同样把他放逐荒野。

被逼四处逃亡的埃德加，给自己化名"可怜的汤姆"，在荒野上遇见双目失明的父亲后，给他安慰和帮助，甚至还设计满足了老人要轻生的念头，他将老人领到一处小坑洼边，谎称已站在了悬崖边上，让他跳下去，可格罗斯特只是一跤跌在了坑里。当格罗斯特惊讶于自己的死而复生时，埃德加告诉他，那是天使在半空中接住了他，这说明上帝希望他继续活下去。这一善意的白色谎言，终于使万念俱灰的老人重新振作起来。

戏演到最后，什么都看不见的格罗斯特终于意识到埃德加才是真正爱着自己的儿子，而埃德加也加入了其他人与邪恶两姐妹和埃德蒙之间的斗争，最终铲除了那一股黑恶势力，为李尔王与科迪莉娅的悲剧保留了一丝暖色和希望。这样，《李尔王》中的两条线索时而平行，时而交织，扩大了戏的悲剧容量，增强了故事的悲剧情怀。

不过，莎士比亚最成功的并不是随手拿来，而是刻意改写，《李尔王》就是一个很好的例子。莎士比亚在《李尔王》的创作中，不仅增加了一条副线，还增加了一个弄人，经常对李尔王的悲惨遭遇发表富有哲理的旁敲侧击，更重要、也是最关键的，是他改掉了各种来源故事里的喜剧结尾，改掉了那些体现"善有善报，恶有恶报"的所谓"诗的正义"的结尾，而用一个令人心碎的悲剧来收场，让两位悲剧主人公死在了观众的面前——要知道，按莎士比亚时代的舞台惯例，国王一类的人物，是不可以当众死去的，他们的死，多半要在后台完成，让剧中人物上来"通报"一下即可。莎士比亚把喜剧结尾改成了悲剧，还把国王之死展现在舞台上，就使这部戏跳出了单纯的道德劝诫，具有了更为深刻的哲学和人性的意义。

从表面的戏剧情节看，《李尔王》的故事无非是一个家庭悲剧，不孝子女拿了财产便将老人一脚踢出家门，看看当今媒体上的"老娘舅""和事佬"就明白了。这样的故事超越了一切地域、文化和语言，放到舞台上，哪怕演一出哑剧，相信同样会在世上任何地方任何人群中引发深深同情和唏嘘。

果真如此吗？别忘了，我们是在当今的历史、社会、经济、文化、法律、道德等语境下来演来看《李尔王》的，当我们把这出戏"细细过一遍"，试图挖掘出更"深刻"的东西的时候，会发现，超现实的《李尔王》，提出的问题其实是"超级现实"的。

首先是李尔王分地似乎混淆了"家""国"关系。分地是国事，即使是分给自己的后裔，仍然是事关王国未来的大事，像李尔王这样凭一句"年事已高，想歇歇了"立马三分天下，而且还是以完全属于家庭生活范畴的父女之情来做分地的标准，是不是太任性了一点儿？三分之后，他名下的王国还在吗？他不考虑完全有可能的三国演义？果然在后来的剧情发展中，两姐妹因争风吃醋而反目，相互打起来了。国将不国，李尔王似乎脱不了干系。

再说说传统上的一个误解，即两姐妹"虐待"老父亲。是的，李尔王后来对女儿的毒咒，的确能让人反推出这样的原因：不伤心到那个份上，为父的能用那么难听的话来诅咒女儿吗？她们怎么说也流着你的血啊。可是，当我们追根寻源去找"虐待"的证据时，好像从剧本里看不到一处事实可以支持"被虐待"的申诉的。大姐并没有把老爸赶出家门，只是劝告他，你的手下太闹腾，太不服约束了，老人家你能否减掉一半（随从），我家里仆人有的是，我可以支使他们好好为您老尽力，有问题我来责骂他们。老人脾气大（当然也可以理解），一语不和，难听话就上来了，抽身就走。这账，好像不能全算在大女儿身上。随后，李尔负气来到老二家，后者事先得知情况，佯装出门，不肯接纳老人，说是寄住姐姐那里的时间尚未到期，自己也没有准备好（还是有点道理的），后来甚至说即使李尔住她家，她也要将随从全部减掉，完全用自己的，好使唤，"一家不用二主"。尽管我们从人伦道德上无法认同老二，但似乎也不能说她完全无理：她从未说不接纳老爸，只说按计划日期轮流；

她没有说不服侍老人，只说不许他带自己的人，用她家的就够了。

其实，读中文译本看中文演出的人们可能无法领略一个重要细节。当时的国王在朝廷上或公务场合，常用第一人称复数自称，即"我们"（相应的汉语翻译似乎只能用"朕"，但依然无法说明问题，而咱们的皇帝爱用"寡人"），只有对亲密者才用"我"，而在《李尔王》的相关场景中，李尔对两个女儿时而自称"我们"，时而自称"我"，给人的感觉，老人从王位上退了下来，可在位时养成的威风和颐指气使的习惯，好像一时还丢不了，完全忘记了此时的他就是一介普通人，就是三个女儿的老父亲。他依然把家和国混在了一起。

最后轮到那位人见人怜的科迪莉娅，她真是谜一样的性格。如果她真是李尔最最宠爱的小女，那么，合逻辑的情况只有两种：李尔早已习惯了她的出语不敬，或者她的嘴比两位姐姐更甜。可事实上，任何一种情况都没发生。李尔为她的不敬大为震惊，而她，也完全违背人际交往时话语行为准则中的"礼貌原则"，也违背了长幼之序，以"说真话"为借口，故意去捋老父亲的虎须。如果真按她所说是因为看不惯姐姐的虚伪，何必拿最爱你的老父亲出气？你完全可以先指责姐姐虚情假意，然后按父的意思说出你的爱啊，哪怕那是"善意的谎言"。老人们要听听子女说爱他们，这样的要求也不为过吧。难怪有人要写一本"李尔王前传"，试图解开科迪莉娅谜一样的性格，看看李尔到底是怎么宠这姑娘，这姑娘拒绝讨喜的性格到底是怎么形成的。当然，还得问一问，这三个丫头的娘怎么啦。

不过，科迪莉娅最大的错还不在这里，在她竟试图借外部势力来解决家庭内部问题，率领法国军队攻入英国领土，这一点，也许因为人们实在太痛恨两姐妹而被忘记或忽略了。现在想想，如果这样的行为还能获得默许认可，那叛国的边界在哪里？所以，无论李尔在自己亲生女儿手里受了多大罪，也无论莎士比亚往这个人物上投下了多少同情和怜爱，科迪莉娅最后还是难免一死。总不能把这部悲剧的结尾写成姑娘以救老父亲为借口，带上外国侵略军来征服自己的祖国吧。

当然，上面的这些问题，似乎都有些过分较真。因为说到底，《李尔王》是一部戏，台上演的，台下看的，依然是父亲被女儿虐待的故事。更何况，莎士比亚是在自己的时代写的更早时代的李尔王，那时候，现代意义上的国家、政治、权利、责任、道德等等观念还没有诞生，要那时候的国王分清楚国与家的边界，要他以现代家庭成员关系准则来处理与女儿的摩擦，也有些强人所难了。况且，那两姐妹后来的所作所为，也说明她们在道德上颇有问题，她们是否能像自己所说，减完了李尔的随从，能让自己的仆人恭敬服侍老人，人们还真是很担心的。

对《李尔王》提出那么多的问题，是不是有"颠覆"经典之嫌，这担心未免过虑，因为这些问题，不是莎士比亚的问题，也不是悲剧《李尔王》的问题，而是时空变换后的问题，是当代的我们，在自己的历史文化语境下，借莎士比亚悲剧之壳，十分合适地把我们时代的问题、把我们对这些问题的忧虑和思考放了进去。而这，又是使莎士比亚"属于世世代代"的一个原因。

第5场 | 刻画犯罪心理的杰作

《麦克白》（*Macbeth*, 1606）

人们常以莎士比亚的麦克白为例，诠释亚里士多德关于"悲剧"的经典标准：悲剧主人公必为好人，因天性中的弱点而跌入罪恶深渊。的确，莎士比亚悲剧《麦克白》的主人公一开始是一位"好人"：他骁勇善战，战功累累几乎到了功高震主的地步，同时又以其正直品德在民众中享有甚高的口碑。尽管他后来成了死心塌地的杀人凶魔，但他此前一直是个颇有人性和人情的种，事到临头还想着自己如何不该谋杀到访家中的国王邓肯，而且理由相当充分：为臣，不应弑君；为主，不应害客；为族，不应杀亲。他甚至考虑到自己一旦犯下罪恶，一生英名就将付诸东流。要不是他夫人在一旁严词训斥加苦口恿愚,他很可能悬崖勒马回头是岸了。然而,天性里的"野心"成了他的致命弱点,应了《红楼梦》里"唯有功名忘不了"之谶,无论理智的他如何挣扎,本能的他依然在三女巫预言的指引下,在野心更大的麦克白夫人的鼓动下,决然地走上弑君夺位的不归路,终于命丧战场,身首异处,连有没有草没了的荒冢都尚未可知了。

不过,《麦克白》之所以跻身莎翁四大悲剧之列,还不仅是因为我们在麦克白身上看尽了野心之惑与野心之祸。要说野心,要说用鲜血铺就通向王位之路,麦克白恐怕还得让莎士比亚笔下那位心狠手辣、狡诈阴险的理查三世一步,而《麦克白》胜过《理查三世》的,是莎士比亚以对犯罪心理的深刻了解,入木三分地刻画了天良尚未泯灭、在善恶边缘拼命挣扎的麦克白的心理活动。从这一点上说,把麦克白作为犯罪心理学课程案例,亦不为过。

但凡违法犯罪,"侥幸"是重要的"心理素质",但实际上,那只是机会主义的素质。无论是考试作弊这样的错误,还是贪污受贿、杀人越货这样的罪行,犯事者总是一厢情愿地相信自己能得手，相信得手之后可以一了百了。"抄袭就抄这一次""抢劫就抢这一回""贿赂就收这一笔"，这样的心态往往驱使着当事人走上不归之路。麦克白在沉吟要不要走出那万劫不复的一步时，内心萦绕着的就是这种"若一举事成而无后患，那就应该速战速决"的机会主义和侥幸心理。替他下决心的，把他推进悲剧深渊的，都是这种"伸手未必被捉"的侥幸心理。

其实但凡犯罪，心智大多处于偏激状态，这时候所谓的"理智"，其实也是极度扭曲的。你看麦克白，他在考虑谋杀国王时，在考虑自己是否能坐稳王位时，始终只相信自己愿意相信的，把任何话、任何现象都朝对自己有利的方向拧，根本不会去考虑是否符合理性和逻辑的问题：他第一次撞见女巫，听了她们三个预言，他领受了第一个（得胜返朝途中受封新赏），实现了第二个（坐上苏格兰王位），却不惜一切地要阻止第三个（他的战友班科的后代会接替他坐上王位），他绝不能允许他战友的后代继承王位。这种对预言（或警告）的选择性相信，正好说明有犯罪倾向的麦克白实际上已处在心魔的控制之下，这样的心理状态很容易拒斥有可能阻碍自己实施犯罪的预言，而选择相信对自己有利的内容。

同样的选择性相信心理也发生在他对三女巫第二次给他三个预言的反应上：女巫们警告他"要当心麦克德夫""要当心伯南森林向邓西嫩走来""凡女人生者皆不能害汝"。麦克白从一开始就一厢情愿地对这三个预言做了字面的、完全对自己有利的解释。然后，第一个预言变成了现实，可麦克白根本没把年轻的对手放在眼里，觉得那女巫就是在和自己开玩笑。特别是，他对第二个预言"要当心伯南森林向邓西嫩走来"完全不以为然，因为根据常识，森林是不会自己移动的。但麦克白这样的推理，实际上犯了大错：他用以解释女巫预言的是人类的理性和逻辑判断，但女巫的预言属于超自然现象，并不遵守人类的理性和逻辑，结果，麦克白发现，对手砍下了伯南森林的树枝做成伪装头饰，以掩护他们向麦克白的城堡挺进，在使用隐喻的预言中，伯南的森林的确在移动！但即使在这样的情况下，麦克白还是坚信最后一个预言"凡女人生者皆不能害汝",这是他的定心丸,世间何人不是女人所生?谁知在最后关头,他被对手告知"我是未足月从母亲身上剖腹而出",预言在"生"和"剖"上暗藏了玄机!终成为压垮了困兽犹斗的麦克白的最后一根草。

应当注意的是,莎士比亚刻画的麦克白,并不是一个恶贯满盈的罪犯,而是一个挣扎在善恶边缘、良心尚未泯灭但一只脚已朝罪恶深渊跨出去的人,因此更具有经典的悲剧张力,其效果与亚里士多德的"恐惧""净化"悲剧观一致:看着台上的麦克白在野心驱使下一步步走向毁灭,人们惊惧于人性中恶的可怕力量,我们在为麦克白的毁灭唏嘘的同时,也会庆幸自己尚在安全地带,更提醒自己,做人得一生战战兢兢如履薄冰,不要让麦克白的悲剧在自己身上发生。

在刻画从好人到罪犯的麦克白时,莎士比亚用其妙笔,构建了几段经典台词,生动并深刻地展现了即将滑入犯罪深渊及回望犯罪过程时麦克白的心理。其一是麦克白手持尖刀走向邓肯国王安寝的房间那一场。意识到自己即将犯下弑君杀亲大罪的麦克白突然神志恍惚起来，似乎"看见"眼前有一柄尖刀忽隐忽现，他感到震惊，处在理智丧失边缘的麦克白疑惑着那很可能是自己的"心之眼"所见，内心深处的罪恶意图在眼前制造出了全息图像般亦真亦幻的图像。更令他震惊的是那刀把正冲着他晃悠，似乎在召唤他伸手去抓，而刀尖则指着那将令他万劫不复的地点：弑君现场。紧接着，他"看见"刀刃在滴血，他再次为之惊悚，甚至明白了这一幻象可怕的意义，是对他的血腥行为发出的最后一次警示，但是，他的脚步依然停不下来。这一段台词对演员是一个很好的考验：你得将即将跌入犯罪深渊的人物内心的极度纠结和绝望，通过语言及肢体行动，栩栩如生地传达给观众，在观众心头激发起同样的震颤与惊惧。

悲剧演到最后，麦克白得知自己的城堡已被大军围困，又得知曾经如此坚定决然的夫人竟无法忍受心头的罪恶感而神志失常并最终死去，感觉自己已走到崩溃的边缘，绝望的深渊。朝前看，"明天，明天，又一个明天"，走到前面都是死路一条；回望这一路，人生如梦，而且是充满"喧嚣与狂怒"（后来被美国作家福克纳借去用在其经典之作的标题上）的梦，是毫无意义的梦。的确，为了换到头上的王冠，他不仅付出了沉重的个人代价（妻子亡故）和道德代价（一世英名就此付诸流水），还付出了沉痛的肉体和精神代价：他机关算尽，"杀"掉了自己的睡眠，双手沾满了倾尽世界之水也无法洗干净的血，时时提醒着他是一个杀人罪犯，让他的良心永世不得安宁。这样的王冠戴在头上是不是太过沉重？这样的宝座坐在上面是不是太过摇摇欲坠？以如此代价得到的王冠王座，到底还有什么意义和价值？可惜的是，这都是他事后的回望，悲剧的种子从他野心萌动之时就开始生长了。

每次读完《麦克白》，笔者都忍不住感叹，今天因各种贪腐或其他罪行身陷囹圄的大小老虎和猴子，若当年接受教育时心中印下了麦克白的悲剧，其中一些人或许就不会走上这条路了。或者现在读读《麦克白》，他们会不会有所悔悟呢？

野心（雄心）根植于人类本性之中，若能将其控于初起，制于微末，是否可以让它为当事人、他人和社会都贡献出更多善呢？因此，《麦克白》和其他许多莎士比亚的戏剧一样，说的是几百年前外域之事，但所传递的信息还真是与现今的我们息息相关。

第6场 | 注解金钱的万能与万恶

《雅典的泰门》(*Timon of Athens*, 1606)

《雅典的泰门》虽不算莎士比亚的大悲剧，舞台上演的也不多，但当年马克思在批判资本主义体制时却在其台词中找到知音，特别是泰门手捧黄金诅咒着这万能又万恶的东西那段台词，即使放在今天，想必也会引发观众深深的同感。

剧情直线展开：雅典的泰门生性乐善好施，几乎到了见人即施的地步，甚至宁愿自己不那么有钱，可以放低身段与"不那么幸运"的人们走得更近。有人还不上债，他替对方还了；有人要嫁姑娘，他替对方出嫁妆；别人送他小礼品，他必定加倍送还；无论对方地位高低、家底厚薄，但凡开口，他一律承诺施与。管家屡屡劝阻，他如闻耳旁风。终于坐"施"山空，为维持"乐善好施"名声欠下的巨额债务纷纷到期，债主天天围堵在他家门口，他却痴心不改，企图拆东补西，派管家仆人向几位受他恩惠较多的"好友"举债，可对方一听来借钱，躲的躲，走的走，甚至以受到轻侮感而愤怒拒绝，借口竟然是"他既然把我当最好的朋友，为何最后才来求我"！泰门大受刺激，呼天抢地地诅咒人的忘恩负义，诅咒人性之恶，决意离开雅典这座伤心之城，在流亡中结束生命。

剧中最抓人心的，当然就是他那段对集万能和万恶于一身的黄金的诅咒了：只要一点点黄金，就能颠倒黑白，变老朽为年轻，使怯懦为勇猛，能让人笃信或背弃教义，让被诅咒者由此获得祝福，让患麻风的人受到敬仰，让窃贼获得贵族头衔与元老院议员们平起平坐。他痛骂黄金是"人类的娼妇"，只能把各国变为相互斗殴的暴民。平心而论，泰门在十数行台词里传达的对黄金的愤怒诅咒，不仅放之四海而皆准，于今也有意义。看看我们周围，那些围绕着各种形式的钱而上演着的一出出人间悲喜大剧，恐怕早就让拿钱推磨的鬼都觉得望尘莫及了。因此，这一段戏若现在演来，观众多半会感同身受，又一次觉得莎士比亚似乎就在我们身边。

不过，这出戏若演给当代观众看，还是会有些问题，我们很难把同情心全部交给这位倒霉的善人。事实上，泰门罔顾自己的财力大把大把地撒钱，这样的乐施行为本身就相当可疑。一般而言，慈善的对象非穷即急，见人陷于贫穷困境则出手相助，见人遭遇紧急危难则解囊相赠，可莎士比亚戏里的那位泰门，做起慈善来似乎根本不考虑对方是否应该得到仁慈的同情与帮助。这种不问缘由的施与，其实只能助长不劳而获的心态，更养成了许多躺着等救济的懒人，甚至无耻虚伪的寄生虫，结果只能走到慈善的反面。另外，就算泰门行善是出于好意，他的做法也始终只是送人以"鱼"而非授人以"渔"，善意的结果大打折扣。同时，他从不在乎也不清楚自己家产到底有多厚，更不愿意听管家向他报告自己的资产流失情况，这种完全没有经济头脑的一味乐善好施，不仅缺乏目的性，更无可持续性。一旦资金链断裂，慈善无以为继。从这一点看，泰门至少也是个不合格的善人。

其实，泰门的好施还有一点心理层面上的问题。他十分享受众人加在他头上的首善之名，十分享受众人对他乐善好施的赞美颂扬。当然，如《威尼斯商人》中鲍西娅那段著名台词所言，慈善本身是对施者受者的双重赐福，但那是一种心理和情感上有所获得的幸福感，施者决无也决不该有贪恋名声的念头。有能力施与，是一种幸福，与施与多少并无关系，更与他人是否施与、施与多少没有关系。可《雅典的泰门》中的悲剧主人公，是决不允许他人在乐善上超越他的，一旦得了别人赠礼，他必定加倍偿还。如此计较，实在是违背了善行的原则。因此，对泰门乐善好施之后的遭遇，除了应该抨击那些忘恩负义的无耻虚伪之徒，他自己也应负有部分责任，尽管其性质根本不同。

《雅典的泰门》写在经典的"四大悲剧"前后，但这部戏的情节结构向来也饱受诟病：有些人物与情节若即若离，有些线索语焉不详，让人觉得剧作家赶着交稿来不及细细铺排，比如泰门到底怎么死的，根本没有交代，只让剧中一个连断文识字都不行的小人物报告说发现了坟墓和不知刻了什么字的墓碑，对悲剧主人公的最后时刻竟如此不了了之，实在让人颇感遗憾，尤其是与李尔王那震撼人心的死相比，高下立见。特别是，本来就不算长的剧本，中间却插进一节，写军官阿西比亚德为朋友事向元老院议员求情却遭到嘲讽羞辱，他愤而出走，转身引兵攻打雅典。这样的桥段，多少让人想起《李尔王》中三女儿以救护父亲的名义带法国军队攻打不列颠，以及《科利奥兰纳斯》中的悲剧主人公率敌军攻打使他备受羞辱的祖国这样的情节，甚至还能让人想起《裘利斯·凯撒》中一谋反者为自己兄弟求情被拒后参与刺杀凯撒的情节。但在《雅典的泰门》中，阿西比亚德既非主角，为朋友求情的事与整个故事没有半点关系，他实际上的叛国行为与泰门没有任何因果，其理由更是与上述其他剧中人物无法相比。这样的横插枝节，的确与主题有些格格不入，损害了《雅典的泰门》的戏剧性。

泰门最终破产，愤而弃国他去，走出雅典城门后对那道城墙及城墙所围起来的雅典的诅咒，现在听来，似乎也有些不是滋味。他说那城墙里围着的都是狼，所以要拆了墙，让全雅典的人不再有安全保障，这一句还算是有点道理，毕竟他是被雅典居民中的自私虚伪无耻之徒陷害惨了，但接下来那一长段呼天抢地，要把良家女子统统变为娼妓，要破产的欠债人去割债主的喉咙，叫侍女睡上主人的床，把女主人打入青楼，叫年轻人夺过老年人的手杖把后者打个脑浆迸裂，等等，他在愤怒中完全失去了人性和理智，骂到最后，竟呼唤众神帮助自己把憎恨撒向全人类。但雅典毕竟还是有好人的啊，比如他的管家和仆人，一直对他忠心耿耿，即使在主人离家出走散伙之际，管家还将自己的私房钱在仆人中平分，还说自己要继续追随主人。泰门怎么就把这些人也一起咒进去了呢？再说，泰门遭遇的是私人生活中的挫折，他自己也要负责任，因私人之怨控诉全城居民甚至全人类，把愤怒一股脑儿全指向国家，于情于理，似乎都很难得到观众或读者的认可。

不过，上面所写多是读剧本的人的感受，看着台上如此善良的泰门遭遇背叛和不公，人们依然会对他诅咒金钱和抨击忘恩负义之徒的言词产生共鸣，而《雅典的泰门》哪怕就剩下这几段相关的情节与台词，依然会震撼今天的观众与读者。这，就是属于所有时代的莎士比亚的魅力所在。

撤去柔光的戏仿与颠覆

《特洛伊罗斯与克莱西达》（*Troilus and Cressida*, 1602）

　　莎士比亚的《特洛伊罗斯与克莱西达》（以下简称《特与克》），向来被认为是一部极为烧脑的戏，或者说是一部"很不正经"的戏，也是最让人不知道该放在哪个类型的剧目之下的戏。不得已，就因为特洛伊主将之一，勇士赫克托死了，暂且放在了"悲剧"栏下，不过，他的死法，实在是让人匪夷所思。

　　如果把这部戏简单介绍为"特洛伊之战中一对恋人的爱情故事"，我们很容易在莎士比亚全集中找到至少两个"参照系"，一个是以爱为主线的《罗密欧与朱丽叶》，一个是以爱与战为主线的《安东尼和克利奥帕特拉》。在这两部戏里，爱是激荡燃烧的情欲，战是摄人心魄的厮杀，爱之深切死之悲壮，都无愧"爱情"和"悲剧"两个词，但要想在《特与克》里找到同样（哪怕是有点类似）的爱与战，恐怕都会让人失望。

剧情发生在著名的特洛伊之战中，但只能算是大战的一个幕间插曲，与引发了这场战争的海伦和帕里斯没有任何关系，而且剧情本身相当无厘头。开场有说戏人上来用堂皇庄重的语言告诉观众，特洛伊战争正打得火热，可正戏开始，就听到特洛伊王子特洛伊罗斯抱怨，"内战"正紧（意思是他急着要去向潘达罗斯的女儿克莱西达求爱），谈什么"外战"（特洛伊城外与希腊大军之战）。接下来是双方各自阵营内打嘴仗，穷调侃，直演到快一半的时候，我们才看见特洛伊罗斯和克莱西达在后者的叔叔、做媒的潘达卢斯家中见面，并在老潘的"见证"下度过一夜，可不久，克莱西达被迫离开特洛伊，前去希腊阵营，因为她的父亲竟早已投奔希腊。特洛伊阵上，品行高贵的赫克托坚持上阵单挑，一决胜负，希腊阵营里，你推我让，最后决定派向来自诩甚高、此时却赖在帐篷里避战的阿基里斯应战，说是先派上最烂的，看他被打败后再派出精兵强将。谁知道最后阿基里斯竟把正卸下盔甲稍事休息的赫克托一剑毙命，然后……就没有然后了。爱情线索也没有延续，战争线索也就此终止，可要是好好读一下剧本，会发现：莎士比亚的这出《特与克》，弹的完全是反调：反爱情、反崇高、反英雄。

反爱情。

克莱西达的叔叔、也就是在两人之间拉皮条的那位，把恋爱过程比作从收割麦子、脱粒、磨粉、揉面团、进炉子烘烤到面包出炉、还得等面包凉了才能上口吃的整个过程，就为了说服特洛伊罗斯，恋爱的事情急不得。如果说把精神和情感过程比作满足口腹之欲的东西已经有点"低俗"，那特洛伊罗斯竟然把"爱情"比作"心头的溃疡"，简直是匪夷所思的巧，让人恶心到极点的妙。

不过，把恋爱当商品，当生意，在戏里随处可见。拉皮条的潘达卢斯要为特洛伊罗斯和克莱西达订婚，用的语言是"双方见证此据"一类的生意合同文本语言，而特洛伊罗斯对海伦的评价更绝：他承认海伦是一颗"珍珠",但怀疑这"珍珠"是否真值得保留,他戏仿马洛名句"这不就是那张引千帆竞发、令帝王折腰的脸吗?"所说的那句"啊,她是一颗珍珠,其价格引得千帆竞发,把头顶王冠的国王统统变成了商人",把曾经那么崇高经典的绝世之美、旷世之爱,贬损(还是揭露?)为完全为金钱而起的生意经了。

尽管在整本戏里克莱西达台词不少,可真正和特洛伊罗斯的对话分量并不重,真正的谈情说爱就更谈不上,更多的却是和叔叔潘达卢斯甚至是家奴亚历山大(一个奴隶,莎士比亚为什么要给他起这么高大上的名字啊)讨论特洛伊罗斯,后来去了希腊那边,和追求她的迪奥米德也是半推半就,你一句我一句,交流不断。因此,要想在《特与克》中寻找"恋爱金句",恐怕要失望的。

更有意思的是,所谓的爱情,无论是前半部戏在特洛伊罗斯和克莱西达之间,后半部戏在迪奥米德与克莱西达之间,都不占很大的篇幅。两段所谓的恋情,除了看不出情感火花、情欲激荡,更少了点逻辑。特别是后一段,克莱西达因父亲投奔了希腊阵营,被迫去与特洛伊罗斯分手，去了希腊营中，她怎么能如此"佛系"，轻易丢掉信誓旦旦的前男友，却也不见与后男友有什么激情，最后双方交战，她和前后两任男友的事情就再没人提起过，无疾而终。那这出戏的标题到底是啥意思？

反崇高。

在希腊神话中，战争是庄严崇高的事件，无论是人是神，都渴望在战争中实现自我、展现高贵，可是在莎士比亚的《特与克》中，无论是群体参与的战争，还是一对一的单打独斗，都成了众人要回避的事情。特洛伊罗斯躲避出战，为自己未出现在战阵上辩护，用的竟是"我没去就因为我没去"这种丝毫不讲道理的方式；希腊阵中那位大名鼎鼎的统帅阿伽门农，一方面用庄重堂皇的长篇台词去劝阿基里斯为希腊的荣誉出战，另一方面却自毁长城地抱怨说，"最崇高的行为往往塞满了灾难"；而希腊军中那位以勇武著称的阿基里斯，居然躲在帐篷里自怨自艾，就是不肯出来接受向特洛伊罗斯挑战的任务，他的同伴们不得不用让人哭笑不得的"激将法"来把他"骗"出帐篷：他们顺序走过他身边，却故意扭头不和他打招呼，给他造成"被轻视、丢面子"的感觉，来激发这个一向自诩的家伙内心的斗志。这简直是孩子的玩笑和把戏，与《无事生非》的某些情节倒有异曲同工之契，可与特洛伊之战这样的宏大叙事，似乎格格不入。

崇高关乎理性与名誉，可是在《特与克》中，这两者都成了嘲讽的对象。特洛伊罗斯直言，"理性让人肝胆苍白"，隐隐地把哈姆雷特那句"思考太多则失去了行动的名义"更往反面推了一步；而他谈起"名誉"，更是把它看作"蒙在身外的东西，与地位、财富、权势一样，不过是一时之物"，与《亨利四世》中的福斯塔夫不免有志同道合之感。不过，《特与克》更彻底地解开了"名誉"的虚伪与愚蠢：以品行正直出名的赫克托在战场上还坚持要来一场"公平游戏"，特洛伊罗斯对他直言道，"那就成了白痴游戏"，果不其然，双方苦战正酣，赫克托打累了，脱去盔甲坐下歇口气，那个之前死活不肯出战的阿基里斯全副武装上来了，赫克托说，我没武装，你打我就失了名誉，阿基里斯哪里顾得了那么多，一剑上去刺死了赫克托。这一个桥段，真是死得糊涂，胜之不武，没有半点庄严的悲剧感，也没有半点堂皇的荣耀，一切都是那么猥琐渺小，毫无意义，连运命无常的意思都没有，离"悲剧"之崇高，差距何止千万里。

反英雄。

在希腊神话里，虽然那些神有时候也做着下界人都做的猥琐龌龊之事，但头上的光环还是足够辉煌，又都高高坐在奥林匹斯山顶，自然是威严风光的，可在莎士比亚的《特与克》中，他们不仅相互不给面子，还任由下里巴人评头品足，指指点点。比如那个下人亚历山大，对着以勇力得名的埃阿斯（与当今荷兰球霸阿贾克斯同一拼写）一顿调侃，说他属于那种"勇气砸碎了塞进愚蠢之中，那愚蠢又调和着些许理智"的人；希腊阵中的那个奴隶赛西提斯把诸神挨个骂了个遍；潘达卢斯以"高大上"的修辞，把"出生、美貌、俊体、气概、学识、风度、品行、年轻、慷慨"等等比喻为"调就伟人贵士的盐与香料",却被克莱西达一句双关(英文 date 有"枣子"和"约会"等几个意思),解构成一地鸡毛:"是啊,调出一个肉末男,不加枣子就烤成了饼,因为这样的男人连个约会都弄不到。"

就这样,莎士比亚反经典、反崇高、反英雄的态度不断地通过特洛伊王子特洛伊罗斯、拉皮条的潘达卢斯、希腊军阵上的奴隶赛西提斯表达出来,而很多话,几乎就是直指我们和当下。比如,特洛伊罗斯说,"有价值的赞许,若由被赞许者自己提出,就贬损了赞许的价值",是不是很打脸当前推自赞买他赞的人们的脸?同一个特洛伊罗斯,他狠怼自恋的阿基里斯的那句话:"你不过是自己外表的一幅画,是白痴崇拜者膜拜的形象",也真的够尖刻,够损的。看看周围网上线下的"红星"们,再把这句话翻译成"你那幅嘴脸不过是画出来的假象,你只是白痴粉眼里的爱豆",送给那些"明星""网红",是不是也相当贴切呢?良币被劣币驱到角落,正直朴素的人们、有品格有学识却低调平和的人们被挤在一边无人得见，而裹在五光十色的泡泡里的大小人等在前台漂浮忽悠，目睹这样的现实，戏里潘达卢斯的那句感叹："雄鹰已去，惟余鸦雀，惟余鸦雀！"还真是说到了点子上，点到了时代之痛。

这样的戏仿，把庄严崇高的古希腊经典解构成了极具后现代特征的一地鸡毛，把经高尚柔光镜显现出来的东西剥出真面目给人看，也只有莎士比亚有此手笔啊。

传奇剧

第五幕

莎士比亚的传奇"宝典"

《泰尔亲王配利克里斯》（*Pericles, Prince of Tyre*, 1607）

　　写完大悲剧的莎士比亚奔五而去，情绪上的喧嚣激越逐渐让步于宽容豁达，对生命中的跌宕起伏也已渐渐看惯平常，于是，戏风为之一变，写起了被称为"传奇剧"或"悲喜剧"的作品。之所以"悲喜剧"，因此类戏剧多以悲情开场，或兄弟反目，或妻离子散，或家破人亡，然剧中主要人物尽历苦难初心不改，终得破镜重圆、花好如初，以欢喜收场；而"传奇"之谓，则因剧本多源于传说，情节奇曲莫测，百转千回，有时候还要借助"神的干预"。在这方面，《泰尔亲王配利克里斯》可算是一个典范。有意思的是，此剧的首位中译者朱生豪先生将其标题译为《沉珠记》，大概正因为剧情主线写的是妻女在大海上先失后得。

尽管不少人诟病《配利克里斯》堆砌离奇，悲喜转折中人为痕迹太重，甚至把它归为"莎士比亚较次的戏"，但这出戏在舞台上演起来，应该还是很受欢迎的。泰尔亲王配利克里斯前往安提奥克，希望能求得国王之爱女的青睐。国王向所有求婚者出了一道谜语，猜不中的就地砍头，只有猜中的人方可向姑娘求爱。配利克里斯一见谜面就猜出其中暗含父女乱伦的线索，意识到自己无论猜中与否都将丧命，只得离城出逃，暂避追杀。他途经正经历饥荒的塔索斯，慷慨捐上全船食粮拯救一城之民，可不久他便在海上经历了暴风雨，大船翻沉，自己被海浪卷到潘塔波利斯海岸，被渔民救起。他凭武艺赢得当地总督好感，娶了后者的女儿塔伊莎。此时，安提奥克的乱伦父女被天降烈火烧死，泰尔民众也强烈希望他回去，配利克里斯便携有孕在身的妻子再次启航回国，不料，大船在海上再次遭遇风暴，塔伊莎产下女婴后死去，为拯救暴风雨中的大船，不得已对塔伊莎实行海葬。船到塔索斯后，他将女婴寄养在总督克雷翁家中，只身回国主政。十几年后，他再次前往接女儿回国，却目睹了"已故"女儿的纪念碑！丧妻失女的泰尔亲王从此陷入深度抑郁，终日昏昏沉沉，一言不发。事实上，是出落标致的女儿玛丽娜遭克雷翁夫妇嫉妒，后者派人将其骗至荒野要取她性命，恰遇盗匪，被抢去卖入青楼，但姑娘坚守贞洁，以抚琴卖唱女红为生，而此前被认为死去而海葬的塔伊莎，也被人救起后获得悉心照料，在神庙里做守护。最终，上天为母女的坚忍所动，以一连串的巧合，终令父女重逢，夫妻团圆。

传奇的根本，就在"奇"字上：开场奇，进展奇，人物奇，命运奇，结尾奇，从头奇到尾，正因为这一点，莎士比亚的这部戏可算是传奇剧的"宝典"了。开场的那道乱伦之谜，没来由无去踪；配利克里斯两次出海，两次遭遇暴风雨，也使他的命运遭遇两次突转；被海葬的塔伊莎居然能被人救起复活，被抛至海滩的玛丽娜也居然能被人抱走；被卖进青楼的玛丽娜居然能在那一片污浊中开辟出一处贞洁之地，拯救了自己和周边的姐妹；因抑郁而关闭了与世人交际的所有通道的配利克里斯竟然在玛丽娜的歌声中苏醒，并认出了姑娘就是自己"死去"的女儿；配利克里斯在梦境中又经戴安娜女神指点，找到了"死去"的妻子。所有这些奇事，经莎士比亚之手，被安排在一条神奇的悬念迭起的线索上，还真能让看戏的人从头到尾喘不了大气。

说莎士比亚这部戏有点"浅薄"的人，多半是觉得它缺少了如"四大悲剧"那样揭示人性与命运的深刻性。的确，《泰尔亲王》这出戏本来就不是大悲剧，但它所展示的人生和人性意义，似乎也并不能用"浅薄"来形容。因为"深刻"本来就是一个十分丰富的东西。

首先，它展示了人生的"命途多舛"，也就是"突变"，而且都是由正向反、由好向坏的极端突变。明明去求婚，突然发现生命危在旦夕；一心回国施政，却差点在海上丢了性命；妻子在生（女儿）的同时走向了死亡，而活生生的女儿留在他乡，再去寻找时眼前却是墓碑；高贵人家的孩子，却自打出生就屡遭劫难，竟至于落到了社会的最底层……如此等等，这么多的灾难和突转，要放在当代人身上，即使不走到"自我了断"的地步，恐怕也难免抑郁绝望、自暴自弃。你看，莎士比亚的当下性，在这部"较次的"戏里，同样给人以十分贴切的感受。

如果仅仅展示命途多舛，这部戏的确会让人失望甚至绝望，可这时候的莎士比亚，已遍览人情世事，足以以优雅抵抗重压（海明威语：重压下优雅依然，即 grace under pressure），笑对人生中的万千艰难，并把这样的优雅写进了《泰尔亲王》戏中的主要人物，特别是那位一出生就连遭命运捉弄的玛丽娜。她出生之际，就失去了母亲；尚在襁褓，就与父亲分离，被留在了异国他乡；她出落为聪颖美好的少女，却横遭嫉妒，招来杀身之祸；侥幸被救，又被卖进妓院。这样接二连三的不幸，在现实中一定会给人留下不可磨灭的生理和心理印记，并影响其一生轨迹的。但是，戏里的玛丽娜却始终以一位优雅姑娘的面貌出现在戏内外人们的眼前。对自己，坚守信念与贞操；对他人，充满理解与同情。即使身陷底层，依然凭着自己的纯真与聪慧，凭自己的美妙歌喉与出色手艺，抵抗着黑暗的世界（妓院），并在那里为自己和姐妹们开辟了一小块光明和安宁之地，直到最后终于走出黑暗。

用坚韧的内心和行动与凶险的命运抗争，以优雅和高贵的品行使自己苦尽甘来，这样的主题，用在任何时候，都相当贴切，这是不是比充斥网络的各色鸡汤有意义很多？

尽管这部戏中不时透露出莎士比亚强烈的社会正义感和批判精神，比如救了塔伊莎一命的渔夫口中"大鱼吃小鱼"的隐喻，鞭笞了教会和贵族政府对社会底层人民的压榨和掠夺，但莎士比亚还是将更多的批判指向了人性和道德本身，特别是克雷翁夫妇所表现出的"恩将仇报"和"促狭嫉妒"，而他们的"促狭嫉妒"，竟完全因为孩子而起：留在那里由他们抚养长大的玛丽娜，在容貌智慧能力各方面都胜他们的女儿一筹，孩子玩伴间天真无邪，大人却无法忍受自己的孩子低人一头，竟至于动了杀念，编造谎言除掉玛丽娜，以使自家孩子坐稳"第一女儿"的位置。两个恶人，把当年得到配利克里斯慷慨救助的事完全抛到脑后，这样的恶，虽然从人物塑造上说有点极端，有点不合常理，但莎士比亚还是不会让他有好下场的。

在舞台上，父女相认这一场戏是绝对的催泪弹：莎士比亚用了两百四十多行的分量，让重度抑郁、多时不开口与人交流的泰尔亲王配利克里斯一步一步被玛丽娜仙乐般的琴声和歌声触动，意识逐渐清醒，再次开口说话，并通过一连串的家世问答，终于明白眼前这位亭亭玉立的姑娘，正是他以为死去的女儿。一阵狂喜之后，他心衰力竭，再次陷入昏睡。看到这里，谁还会责怪莎士比亚故弄玄虚？谁不惊叹莎士比亚对细节的准确、传神的拿捏？

这样的戏，要说"较次"，那也只能是评价标准本身的问题了。

第2场 冬之交响传递春的信息

《冬天的故事》（*The Winter's Tale*, 1609—1610）

　　莎士比亚的《冬天的故事》，不仅具有传奇剧招牌式的悲欢离合、神明干预、巧合偶然等因素，更因其富有田园色彩的浪漫爱情故事而一直广受欢迎，特别是其中多彩的化装舞会，喧闹的酒宴场面，欢快的五月花会和摩里斯舞蹈等典型的英格兰乡间生活场景，在剧中博览会似的一应俱全，而台词中对比人工技巧与自然天成的，批判金钱腐蚀权力的，以及剧中人物对各种花语草意的讲述，今天读来依然让人饶有兴味。

　　《冬天的故事》一如既往地情节跌宕，但依然贯穿着莎翁后期传奇剧中的"坚韧不拔"与"宽恕和解"精神：波利西尼与莱昂提斯自幼亲密无间，不考虑性别问题，在别人口中几乎就是青梅竹马两小无猜的关系。及至长大，两人分别做了波希米亚和西西里亚国王，多年之后，波利西尼应邀作客西西里亚，日久欲返，莱昂提斯百般挽留不成，命其妻赫梅昂妮前去劝留。在赫梅昂妮真心劝说下，波利西尼只得答应再留住数日，没想到这一结果竟立刻引起莱昂提斯无名的嫉妒与猜疑，认为妻子与波利西尼私通而欲置其于死地。波利西尼得到密告逃离，赫梅昂妮先被软禁在家，生下一女，后被押上审判席。莱昂提斯不承认女儿潘狄塔（原文有"被遗弃者"的意思）是他所生，令臣下将她抛置于荒野之中，听天由命。在审判庭上，使臣带回阿波罗神谕，明确告知赫梅昂妮无罪，波利西尼无辜，女婴为莱昂提斯亲生。莱昂提斯试图拒绝相信神谕为真，剧情再次突转：儿子因母亲被诬陷而在悲痛中死去，妻子赫梅昂妮也晕厥而死，加上女儿早已被抛弃，莱昂提斯顿时家破人亡，徒剩孤家寡人。这时候他才明白那是神的谴责，痛悔交加（想想麦克白是怎么"理解"女巫的预言的，挺有意思）。

　　此后，被遗弃的女儿潘狄塔由牧羊人救下，16年后出落成一位漂亮的牧羊姑娘，并与隐瞒了真实身份的波希米亚王子弗洛里泽真心相爱。年轻恋人正准备结婚，却被父亲波利西尼发现，波利西尼认为潘狄塔出身低微而粗暴地干预了这场婚姻（这里有一场体现莎士比亚喜剧噱头的突转，留给好奇者自己去看吧），年轻人仓皇逃往西西里亚寻求莱昂提斯支持，波利西尼等人也尾随而去。双方见面，万千感喟，旧情重续，而莱昂提斯也发现女儿原来活着！父女相认，唏嘘万分。但此时，他仍深深怀念着妻子赫梅昂妮，贵妇鲍丽娜便领他去看自己家中的一尊赫梅昂妮塑像。塑像竟然栩栩如生，似乎有呼吸，有脉搏：原来当时赫梅昂妮只是晕了过去，被鲍丽娜救活后一直护养在家中。16 年的时光流逝，并没有使赫梅昂妮的美丽稍减半分，只除了眼角的几丝皱纹。莱昂提斯再次表示深深忏悔，赫梅昂妮宽恕了丈夫。就这样，16 年前破裂的夫妻、父女、朋友关系，经当事人在肉体与精神上经历了时间与生活的艰苦考验之后，完满修复了。

顺便岔开提一句：父辈的恩怨，在《罗密欧与朱丽叶》

中以年轻人生命的悲剧为代价而得以弥合，在《冬天的故事》中，则以年轻人生命的结合与延续的喜剧而得以消融，真是很有意思的一个对照，一念之差，一事之别，终局竟如此大相径庭，不免让人唏嘘。

回过神来。

《冬天的故事》这部戏最吸引人的，是它极具音乐色彩的结构，它的五幕十五场篇幅，几乎可以完美地组成这部《冬之交响》的四个乐章，剧中人物命运的起落突转，情节中的戏剧张力，构成了每一乐章中的小主题和小高潮，而且还大致对应着自然界的秋冬春夏四季：第一乐章（一幕一场至三幕一场）可以"秋：毁灭与分离"为主题，第二乐章（三幕二、三场）是"冬：肃杀；春的信息"；第三乐章（整个第四幕）是"春：新生命的开始；成熟前的锻炼"，而第四乐章（整个第五幕）的主题则显然是"夏：生命茂盛的颂歌"。

在这部《冬之交响》的"第一乐章：秋：毁灭与分离"中，莎士比亚以两个极具张力的冲突将音乐情绪一下子推向了悲剧的边缘：莱昂提斯因无端的嫉妒对波利西尼和赫梅昂妮的心情突变，以及他将妻子推上审判台，并下令将赫梅昂妮生下的女婴抛到荒野听天由命。然而，即使在这悲剧气氛最为浓厚之处，莎士比亚还是悄悄埋下了日后剧情峰回路转的"生的线索"：莱昂提斯一时冲动将阿波罗神谕斥为"完全在说谎"，但得知儿子抑郁而死，妻子悲痛身亡，初生女儿又被丢弃荒野生死未卜，他没有像《麦克白》中的悲剧主人公那样，即使预言应验，仍负隅顽抗，而是听从了神谕，沉痛忏悔，从而为改过自新和大团圆的结局留下了一条路。这条"生的线索"在"第二乐章：冬：肃杀；春的信息"中表现得更为明显：几位主要人物似乎都已走向死亡，剩下的莱昂提斯也已经失却了生的欲望。不过，即使在"死亡"气氛最浓重的冬天，莎士比亚仍留下一线春之将至的生机。赫梅昂妮其实并没有死，她被善良且有正义感的鲍丽娜藏在家中；虽然那场由剧中人口述的狂风暴雨真的是墙倾楫摧，造成了真实的死亡，但女婴潘狄塔也被好心人救下。救人者的善良天性预示了冬天里春讯，是死亡中生命的萌动，开始了未来喜剧的进程。

全曲（剧）的"第三乐章：春：新生命的开始；成熟前的锻炼"最具浪漫色彩。在这里，茵绿的牧场，年轻的恋人，缤纷的花朵，热闹的舞会，无不充满着生命的气息，洋溢着春天的韵律，与前一部分形成了鲜明的对比。弗洛里泽与潘狄塔的爱情主导了这一幕的总体气氛，而这对年轻恋人的爱情婚姻，不仅本身具有新生活开始、新生命开始的意义，更为他们的父辈似乎已经枯萎的友谊之树重发新枝奠定了基础。当然，偶尔也有愤怒，也有威胁，父辈的不理解和愤怒似乎将导致又一出悲剧，但这些曲折充其量不过是一段小小的不和谐插曲，无法改变剧情的整个进展方向。

全曲（剧）的最后乐章："夏：生命茂盛的颂歌"集中呈现了宽恕与和解的主题，并将全曲（剧）引向团圆欢乐的高潮。众多的团圆和解的欢乐场面正好象征着大自然中夏天的万物繁茂，欣欣向荣。莎士比亚将友情重续等情节一笔带过，全神贯注于莱昂提斯与赫梅昂妮夫妻重聚这场重头戏上，打造出一段被认为是莎剧中最富有神奇和浪漫色彩、也是最有"催泪弹"功能的场景：莱昂提斯目睹赫梅昂妮的"石像"，惊讶无语，"石像"面部竟显现出真人般的红润，嘴唇闪耀着生命的光洁，脉搏似乎在跳动，似乎有轻微的呼吸将面纱轻轻吹起，这一切细节都被描绘得如此生动逼真，真正的赫梅昂妮呼之即出也就是再自然不过的结局了。观众和读者虽可能已经知道或猜到了真情，却依然忍不住要同剧中人物一起惊诧，一起感叹，一起欢乐。在兄弟重获友情，恋人进一步发展爱情，在父女、夫妻、朋友的大团圆中，剧情走到欢乐的巅峰，这部交响曲也演到了喜悦的尾声。至此，剧中的主要人物，连同他们之间的友谊、亲情或爱情，从天真的童年开始，经历了人生的苦难和考验，最终走向和谐、圆满和成熟。从这个意义上我们可以说，莎士比亚的《冬天的故事》，又是一部生命和生活的交响曲，谱写了生命从初生经磨难走向成熟的全过程。

第3场 | 镜破终复圆，凡人亦能宥

《辛白林》（*Cymbeline*, 1610-1611）

在莎士比亚几部传奇剧中，《辛白林》的情节线索算是相当复杂交错的，一条是勉强可算主线的女主伊摩琴和男主波斯休谟的爱怨离合，第二条是国王辛白林早年"失窃"的两个儿子失而复得，第三条则是辛白林的不列颠同罗马帝国为缴纳贡奉的军事冲突，就这样，国运人运三线交织，情节有点烧脑。

戏开始于父女争执。辛白林丧妻新娶，因女儿伊摩琴自己做主"下嫁"了似乎出身低微的波斯休谟而大发雷霆，禁锢女儿，放逐新郎，逼女儿改嫁给后妈带来的儿子克罗顿。波斯休谟因在意大利的朋友处暂住，一次聚会上与朋友吉亚奇默以妻子伊摩琴的贞洁打赌，若后者能证明伊摩琴同样会受引诱而失去贞操，波斯休谟就输掉赌注（结婚戒指），并休了伊摩琴。吉亚奇默遂前往不列颠，先以语言挑逗伊摩琴，不成，便转而借口为朋友操办的珠宝需要有安全的地方过夜，使伊摩琴同意将一大箱子放在卧室内过夜，而吉亚奇默则藏身于箱子中。夜深人静时，他溜出来记住了室内陈设和伊摩琴身上的一些特征便返回意大利。在这些"证据"面前，波斯休谟真以为妻子已经失贞，诅咒了一通所有的女人后，派人去杀害伊摩琴，善良的皮萨尼奥不忍下手，将实情告诉了伊摩琴，劝她女扮男装，由山路去投奔正向不列颠进发的罗马军队。就这样，线索一开始与线索二会合。

第二条线说的是国王辛白林20年前曾有二子，但在襁褓中就神秘失踪了。原来他们是被受了诬陷的大臣贝拉里乌出于报复偷走的，此时这三人正生活在伊摩琴所经过的山里。三人向男装的伊摩琴提供食宿，后来还杀了闻讯追来的克罗顿，伊摩琴则因误服安眠药被三人以为不幸死去（又一个朱丽叶），三人伤心一场后将伊摩琴埋葬。醒来的伊摩琴被路经此地的罗马军队救下，被将军凯厄斯收为贴身随从，这就连上了线索三。随后，罗马军队与不列颠军队发生激战，正当不列颠人大败而逃时，藏身山野的贝拉里乌三人挺身而出，终于扭转形势，反败为胜。在褒奖功臣、审讯战俘时，终于父子相认，兄妹重逢，夫妻间误会消解，对手间恩仇泯灭，达到了大团圆的结局。

尽管这部戏情节繁多且交错发展，其间又穿插着许多传奇剧固有的内容，如险恶心肠的后母，箱中藏人，女扮男装，梦中天神现身等等，然而，破裂与复合的线索，宽恕与和解的主题，都清晰可见。

破裂在好几个层面上体现：不列颠与罗马帝国关系破裂，辛白林与贝拉里乌君臣关系破裂，辛白林同子女关系破裂、波斯休谟与伊摩琴夫妻关系破裂、与吉亚奇默朋友关系破裂，等等，而全剧大团圆结尾最重要的象征，就是辛白林同子女关系的恢复，以及波斯休谟同伊摩琴夫妻的重归于好。可以这么说，《辛白林》以"镜破"开始，以"重圆"告终，以"失却"开始，以"复得"告终。

不过，当代多数观众比较在意的可能是戏里的两起家庭破裂，都与女性是否遵循传统道德规范、是否"服从"

或"贞洁"直接相关。女儿能否服从父亲的意愿、妻子能否保持对丈夫的忠贞，成了家庭乃至国家能否稳定、延续的至关重要的因素，伊摩琴如果能服从辛白林的意愿，嫁给克罗顿，则国有后继，家有平静，反之，则宫内纷乱不已，家庭也分崩离析，而伊摩琴的"失贞"，更使波斯休谟在决意要杀掉妻子的同时，还将怒火朝所有的女性发去，后来还成了他一时加入罗马军队向祖国开战的借口。而在这两起事件中，伊摩琴作为女儿的要求和愿望，作为妻子的尊严和权利，则被完全忽视了。（想想上一篇《冬天的故事》中的类似现象）其实，对女性的尊严及人格的忽视，从波斯休谟同吉亚奇默为伊摩琴的贞洁打赌这件事本身就可看出，整个事件仅在两个男人间进行，伊摩琴的权利和人格完全不在考虑之内，而波斯休谟要为之决斗的，与其说是伊摩琴的名誉受了伤害，不如说是因为他自己的名誉被损害了。这样的剧情，难怪要招来当代女性主义批评者和大部分男女观众的不满和批评了。

当然，莎士比亚在写《辛白林》时可能并没有意识到，虽然在波斯休谟的赌局中，伊摩琴完全被推到了后台，但在同波斯休谟的婚姻中，他还是把伊摩琴写成了一位敢于反抗父命、坚持自己的爱情和婚姻选择的年轻女性。很正面的形象，也稍稍扳回了一点莎士比亚"歧视女性"的负面名声。

而破裂与修复的种种线索正好衬托了《辛白林》一剧宽恕和解的主题。"凡人皆有过，唯神能宽宥"的思想，在《辛白林》中不仅得到了极好的印证，还进一步升华为"人亦能宽宥"，因为无论是固执的父亲辛白林，还是轻信的丈夫波斯休谟，虽然因其自身的缺点而对他人、对自己犯下了或大或小的错误，造成了程度不等的伤害，最终都能幡然悔悟，反省自身，宽恕了别人，自己也得到了宽恕。从这点上看，虽然戏中有天神朱庇特出现，大团圆的结局似乎早已由神谕所决定，但真正走上大团圆之路，靠的还是剧中人物自己的行动，而神谕，最多也就是证明这些人物的行动是"上合天意"，因而一定会成功的。

写了太多悲剧的莎士比亚，大概希望人们多少还得怀着点希望，才能在那个希望大都不太确定的年代里好好活下去，所以，戏中虽有恶，但凡恶生，必有善出来阻止恶，必有善的坚忍，必有坚持下去的善终得善报。这里的善，有人为，也有天惠。《辛白林》中拿朋友妻恶作剧的家伙受到相应惩罚，而在山林中吃尽苦头的伊摩琴，柳暗花明地与弟弟团聚，那位当年负气偷走两男娃的大臣，也因以击退来犯英格兰的罗马大军而获得国王赦免。这样的教训，至少在表面上与我们自己传统中"善有善报，恶有恶报"的思想暗中契合，而这两出戏里主人公的命运翻盘，恐怕也突显了自助者方有天助，自强者方得垂顾的思想：必先尽人力而后可仰仗天意。

不过，即使在看似匪夷所思的传奇中，莎士比亚依然没有忘记剧场之外的社会。《辛白林》中主人公听闻罗马人来犯，却傲然宣告"英格兰是一个独立的世界，我们用不着出钱买别人的恩典"，当年就凛然预示了英国人"光荣孤立"的精神。这句话在公投脱欧后的今天，让人惊叹莎翁的预言本领。只是戏的结尾未免有续貂之嫌，至少让人有点摸不着头脑：平民打了仗，流了血，辛白林却大度地表示，英国虽然获胜，还是会向罗马臣服，继续上交"贡粮"，并将开战的罪过全推到"邪恶的王后"

头上。看到这里，人们不禁疑惑，这里是不是逻辑出了点儿问题?

最后补一句：英国皇家莎士比亚剧院 2016 年夏季演出剧目中就有《辛白林》，不过，辛白林成了"女王"，就差没把罗马改成欧盟了。莎士比亚无时不在，再见一斑。

第4场 | 那场倒海翻江的暴风雨
《暴风雨》（*The Tempest*, 1613）

　　莎士比亚的《暴风雨》，不仅是其传奇剧的优秀代表作，其开始的那场戏，更是仅凭台词和人物动作，就在观众和读者想象中掀起了滔天巨浪，冥河之水上涌，接九天雷电之烈焰，人们满目中樯倾楫摧，充耳末日哀号。这场戏，向来被誉为莎士比亚舞台上的暴风雨之最，世界文学史中的暴风雨之典，这还真不是夸大其词。当然，可以一比的是《李尔王》中那场荒原上的暴风雨，那可是直击人心的经历。

　　《暴风雨》中暴风雨的始作俑者，是该剧主人公，被弟弟安东尼奥篡位后废黜到荒岛上的前米兰公爵普洛斯佩罗。当年，安东尼奥趁兄长一心研读人文、潜心探究法术而疏于朝政时，勾结那不勒斯国王阿隆索，篡夺了公爵的执政之权，将他与初生女儿扔上一条破船，任其在海上漂流，听天由命。可巧天意垂怜，公爵与襁褓中的米兰达漂到一处荒岛，一住 12 个年头。这一天，公爵得知篡位的弟弟等人将率船队经过附近海域，遂施展魔法召唤来这一场暴风雨，在一边目睹船沉人溺惨景的善良姑娘实在于心不忍，恳请老父收手，不要伤害生灵。这不谙世事的纯情米兰达哪里知道，父亲这一番呼风唤浪，并非复仇，连惩罚都算不上，只是一次让"坏人"幡然猛醒、从此洗心革面的"教训"：那暴风雨是完全可控的，除了让全船的人惊惶中跌到海里去洗了个澡，以此象征把他们肮脏的灵魂漂洗一遍之外，大伙毛发不损，大船通体未伤。很快，该留下的留在了岛上，该送回米兰的怎么来就怎么回去，一路再无风暴。留下的那几位，一是篡了他权位的安东尼奥等人，二是后来恋上了米兰达的那不勒斯国王之子斐迪南。一番情节交错，"坏人"领受了老公爵的约谈，痛悔之余将不当所得全数退赔，恋人们略经挫折，终于走到一起，在荒岛上住了 12 年的普洛斯佩罗，最终还是开开心心地回米兰去继续做公爵了。从暴风雨开始，以大欢喜结束，一个不死，全都满足，莎士比亚的传奇剧，基本上就是这样的套路了。

不过，观众看见的、读者根据台词想象出来的，还只是一场显在的暴风雨，而且这戏台上的暴风雨终究归于平静，政治上的暴风雨也以和平交还权力，皆大欢喜告终。还有些暴风雨，隐隐约约，似有还无，恐怕连写戏的莎士比亚本人都未必意识到。那都是些将起于青萍之末的暴风雨的先声，要闹到倒海翻江，还得让社会历史再发展一段时间呢。换句话，它们在莎士比亚的《暴风雨》中，都还只是暴风雨的气息和前兆。

先看普洛斯佩罗与"好奴隶"爱丽儿的关系。戏中的爱丽儿是一个精灵般的存在，无形无影，变幻自如，帮主人造暴风雨之势，变成火球吓唬一应人等。普洛斯佩罗曾答应它，风雨平息后便放它自由，可事到临头，却又给它派了新的活。爱丽儿不干，斗胆提醒公爵，别忘了您老事先的承诺。细细想来，是有道理啊：一句承诺就是一份合同，约定了双方的责权利，一方按约定完成合同内容，就应该享受相应的权利，这样的合同精神，体现的正是资本主义的经济与人际关系。可公爵立马变脸，痛责爱丽儿忘恩负义，还威胁说要把它送回当年救它出来的那个树洞里再困它几百年。这么一来，承诺所体现的经济关系就变成了君臣主仆的人身依附关系，爱丽儿年轻的资本主义遭遇到普洛斯佩罗老迈的封建主义的压制，还没有强大到可以反制的爱丽儿，当然只有退缩屈从的份了，但它的那句争辩里，是不是传来了资本主义经济关系即将掀起一场改变的暴风雨的气息？

再看看普洛斯佩罗与"坏奴隶"凯列班的关系。凯列班是岛上的原住民，女巫的儿子，普洛斯佩罗上岛之初，全仰仗凯列班的相助，了解了岛上的地形地貌，找到了淡水资源，学会了养活自己和女儿的方法。慢着，怎么听来就像当年欧洲移民初到北美大陆，得到原住民印第安人的帮助一样？当然，普洛斯佩罗也礼尚往来地教会了凯列班书面语言，告诉他天上那团"大亮光"叫太阳，"小亮光"叫月亮，诸如此类。然而，据说凯列班对清纯美貌的米兰达起了歹念，虽未得逞，但主仆关系从此如仇人，随之而来的是普洛斯佩罗将苦差一桩接一桩地压到凯列班头上，甚至不让后者有吃饭休息的机会，不时以"把你塞回那树洞里再受几百年罪"相威胁。凯列班虽不得已屈从其淫威，但依然用不输夏洛克的口才，理直气壮地指责普洛斯佩罗反客为主，强龙压蛇，甚至直言不讳地告诉后者："你教会了我语言，而我所获之益就是学会了如何来诅咒你！"这样的桥段，不由人不想起当年发生在世界各殖民地上殖民者与殖民地人民之间的冲突与斗争，特别是当年北美印第安人对欧洲移民大肆掠夺其土地和其他资源的义正词严的批判。更有意思的是，如果把上面那句话当作比喻，用来谈论萨义德、霍米·巴巴等当今的后殖民主义"大咖"们，恐怕再巧合贴切不过了：他们大都来自第三世界，都去了美国念书拿学位，然后反过来对美国的政治和文化展开激烈批评。当然，这样的思想文化风暴，莎士比亚哪里能预见得那么准确，但要说他一点也没有感受到，好像也很难把这一段冲突圆过去。无论如何，这个片段是后现代后殖民改编者的"菜"，早已有确凿的成果了。

还有一丝未来的暴风雨的气息，那就是普洛斯佩罗与米兰达的父女关系。一向有人注意到，莎士比亚戏剧中常有"母亲缺席"的现象，而父女关系，则正好体现了男权中心、女性屈从的观念。不过，《暴风雨》中的米兰达，尽管天真善良乖巧，却并非无知愚钝，而且决不盲从，有时甚至让为父的颇感尴尬。普洛斯佩罗施罢魔法，打算把自己的身世（历史）细细向女儿说来，女儿偏偏不按常理搭话，还不时打乱叙事线索，抛出令讲故事的人猝不及防的问题。例如，普洛斯佩罗讲到自己如何让背信弃义的弟弟篡了位时，问米兰达"你说这样的人还算不算是个兄弟"，聪明的女儿闪烁其词，一句"我要是不觉得奶奶是高贵之人，那真的是罪过了"，居然巧妙地拒绝参与父亲和叔叔那帮男人的政治争斗；当普洛斯佩罗讲完自己被塞上破船在大海漂流，正要换个话题，米兰达冷不防问道，"那他们当时干吗不把我们做掉（杀了）？"尴尬的老爸一时没回过神，只好先承认"问得好"，然后再搜些理由出来应付了过去。莎士比亚恐怕做梦也想不到，这一段完全在戏文中的父女对话，居然预示了几百年后女性主义风起云涌中对男权和父权传统的揭示与批判。

即使是作为"反面人物"出现的安东尼奥，他和普洛斯佩罗的关系细细读来，似乎也能让人感觉背后的封建与资本主义时代交替的"风暴"。戏中，普洛斯佩罗从一开始就试图把"你这个叔叔是奸恶的篡位者"的观点强加于女儿米兰达，可是听听他自己的说法：似乎是他自己整天耽于那些"无用之学"（人文学科）或"巧技之术"（魔法），而把管理国家的事情全交给了弟弟安东尼奥。安东尼奥看来的确是个善治之人，明政事之轻重缓急，察用人去人之道，结果众人"只知有安东尼奥而不知有公爵"，岂非再自然合理不过的事情了？封建体制讲血缘，无论谁多能干，血缘门第长幼之"序"乱不得；而资本主义制度讲实力，讲成效，能者为王。所以，我们听普洛斯佩罗对安东尼奥的"抱怨"和"指责"，可别完全听信于他而错过了封建主义向现代资本主义过渡时期那隐隐而来的风暴。

于无声处听惊雷。文艺复兴时期的英国，社会变革的暴风雨即将陆续发生，莎士比亚隐隐感觉到了，不经意间写到了，而后世的我们，读到了，领悟了，不由得感叹，这莎翁，还真料事如神啊。

第5场 │ 两位亲戚高贵在哪里？

《两位高贵的亲戚》（*The Two Noble Kinsmen*, 1613）

对大多数读者而言，莎士比亚的《两位高贵的亲戚》（或《两贵亲》）是最不熟悉的戏之一了。这部被称为"莎翁第 38 部戏"的作品，20 世纪 70 年代才正式引入欧美大部分莎翁全集，国内直到 20 世纪 90 年代和 21 世纪初，才分别有了该剧的散文和诗体译本，但总体上说，它依然被留在大多数读者和研究者的视线之外，也从未见在国内舞台上有过演出。这样的"怠慢"不是没有道理的：它作为莎翁剧目中的最后一部（创作于 1613 年，即莎翁去世前 3 年），实际上是"老"人家提携后辈的作品，即小他 15 岁的戏剧家弗莱彻。莎翁一定是看准了这位年轻人日后必有前程，不仅此剧，早一年的《亨利八世》和另一部失传的名为《卡德尼奥》的戏，都是两人合作之物，而在《两位高贵的亲戚》里，年轻人的笔墨还略占多，难怪现在有人觉得应该"物归原主"，斗胆把这部戏塞进了《弗莱彻戏剧集》里。

不过，一如莎士比亚既往的风格，故事是别人的。《两位高贵的亲戚》的主情节来自英国文学之父乔叟的《坎特伯雷故事集》中的"骑士的故事"。两位底比斯贵族青年帕拉蒙与阿塞特是堂兄弟，他们在与雅典公爵忒修斯的战争中被俘，透过监狱的小窗见到了正在花园中散步的爱米丽娅，后者是雅典公爵未婚妻希波吕忒的妹妹，一场爱的权利争夺战立刻使情同手足的两兄弟变为路人，贯穿全剧，直到悲喜交加、让人哭笑不得的终场。

之所以让人哭笑不得，是因为上面这句话里争夺"爱的权利"几个字。不看剧情，人们一定会先入为主地预设"两小伙争一姑娘"的剧情框架，比如两小伙如何争着向姑娘献殷勤，你送衣我买包，当然也可能格调高一点，你写诗我送曲之类的。但不好意思，错啦！两人一见爱米丽娅，刚赞美完姑娘宛若天仙的美好，立刻就为谁有权爱这姑娘争了起来。帕拉蒙坚持认为是自己先看见的姑娘，爱她的权利自然应该由他一人独享，而阿塞特则反驳说，爱情面前人人平等，自己同样有爱姑娘的权利。一瞬间，不仅方才那番矢志不渝的兄弟情谊被抛到九霄云外，甚至还做出了许多孩子气的举动，例如帕拉蒙得知阿塞特被公爵驱逐出境后，竟然哀叹后者命好，可以随时潜回来目睹爱米丽娅的芳容，而自己则被锁进了一处无法看见姑娘的黑牢。

当然，解开兄弟反目之结，并非通过阴谋陷害，而是正大光明的决斗，而且是以充满骑士精神的方式进行的。帕拉蒙被狱卒家的姑娘看上，后者私下将他放出牢去，他又在乡野山林间碰上了果然潜回雅典的阿塞特。两人相见，兄弟情谊又回来了，后者为帕拉蒙砸开手铐，还为他弄来好酒好肉，为的是来一场公平的决斗。这时候，阿塞特似乎是更具有骑士精神的那一个：帕拉蒙怀疑酒肉下了毒，阿塞特毫不在意，还考虑到后者刚从监狱里逃出来，体力可能不足，在挑选兵器时特地把好使的刀剑让给帕拉蒙。两人刚斗一两回合，忒修斯打猎路过，大怒之下，命两人择日在竞技场公开比武决斗，胜者可娶姑娘，败者丢脑袋。两人欣然同意，暂时又成了兄弟加朋友。比武之日，阿塞特险胜，自认姑娘到手，策马夸功，没承想马失前蹄，摔成重伤，临死前将与爱米丽娅结婚的权利让渡给了刚走下断头台、死里逃生的帕拉蒙。

现代读者或观众有点蒙了：整个故事里，爱米丽娅好像是一件摆设，一件精美的饰品，甚至仅仅是帕拉蒙和阿塞特之间为表明自己具有如何"高贵品质"的参照物、试验品。姑娘怎么想、怎么做，似乎与他们无关，他们对姑娘，考虑和争夺的都是自己的"权利"，与情感没有半点关系。换句话，争也好，抢也好，决斗也好，生死也好，为的完全只是"面子"，所以阿塞特在临终交出爱的权利时能那么坦然，只责怪无常的命运而不感叹苦恋终成一场空，因为他（们）根本就没有恋过。这样全然不考虑姑娘在"三角"中的境况和情感的举动，在莎士比亚时代还可能得到一些人的理解，因为那时候的社会毕竟还在从封建向资本主义过渡，人也刚刚从封建道德桎梏中逐渐脱身，将"荣誉"放在高于一切（包括生命）地位的骑士精神还颇有些影响，但放到我们现在的舞台上，这两位贵族青年的举止恐怕怎么也难以让人们感觉"高贵"。

转过来看看戏份不太重的雅典公爵忒修斯。正要举行人生的重大仪式：婚礼，三位刚战死疆场的国王的寡后前来求助，他几经犹豫，终于决定把婚期往后押一押，披挂上阵为寡后们夺回丈夫的遗体隆重下葬。他那句"我们生而为人，正应该如此行事，若贪恋情欲，便失了人的名分"，用良善和理智来驾驭情感，倒更显得格调高了一些。

其实，真正发自内心的爱，在《两位高贵的亲戚》里是有的，而且非常动人，只不过放在了剧情的副线里，即"狱吏之女"与"求婚者"之间的爱情故事，而写这一片段的，正是那位年轻的合作者、有言情剧作家之名的弗莱彻。无名的"狱吏之女"出于对帕拉蒙一厢情愿的暗恋，毅然偷偷将"犯人"帕拉蒙放出监狱，连自己的父亲会因此受到牵连也顾不上了。从剧本里我们看不到帕拉蒙对此有任何的感激表示（当然啦：他是贵族，怎么会考虑到地位悬殊的姑娘的心思），姑娘深藏于心的那份爱恋就没有得到过一点回应，她因此神志恍惚，整日在水边游荡（不由人不想起《哈姆雷特》中溺水的奥菲莉娅）。但是，深爱着姑娘的那位同样无名的小伙"求婚者"，却依然对她不离不弃，不顾姑娘父亲的好心劝告，恳请医生给他一些如何治好姑娘心病的方法。最后，医生让他试试假扮帕拉蒙，让姑娘把他当成自己心中的那个爱人。尽管最后姑娘的心病是否完全治好，戏里并没有说，小伙子的努力和坚持显然收到了积极的效果，姑娘感受到"帕拉蒙"也需要她的爱，更感受到了"帕拉蒙"对她的爱，疯癫的言谈举止平缓了很多，听台词，两人很快就要牵手成婚了。这一桥段，为《两位高贵的亲戚》那条悲喜掺杂、虽喜犹悲的主线添上了一丝暖气：小人物的善良展现了人性的温暖和美好，相形之下，那两位"高贵的亲戚"为追求"名誉"，连属于人之天性的爱的能力和情感都丧失了，哪里还有什么"高贵"可言？

也许，莎士比亚和弗莱彻有意要颠覆一下乔叟？有意要让装出来的高贵露露馅、破破相，让凡人小民的高贵人性与情感，透过身上的破衣烂衫，让世人得见一斑？抓住不多的机会去看看舞台上的《两位高贵的亲戚》吧，看导演怎么导，演员怎么演。

谢　幕

各位，"莎士比亚的戏剧世界"就此落幕。

欲仿莎剧程式，但缺莎翁才气，"下场诗"写不了，只好用几句谢幕的话来替代。

此书一则以"戏"为框，展示莎士比亚的全部戏剧作品，二来以"轻学术"的口吻，将学术心得隐藏在聊天之中，先求把故事讲得能听下去，再求讲得有一点异趣，所谓"故事人人会讲，各有巧妙不同"。希望无论有意走进莎士比亚、走近莎士比亚、还是走出莎士比亚的各位，落幕合卷起座时，觉得没白来一趟，那就值了。

附／问答莎翁与汤公 [1]

问：在众多的文化场合中，莎士比亚和汤显祖都绑定在一起。除了两位戏剧家在同一年去世的这种"巧合"，从文化影响和戏剧作品的成就上来看，今人将这两个人放在一起的意义是什么？两人之间具有可比性吗？

答：的确，这样的巧合促成了许多文化与文学盛事。将汤显祖比肩莎士比亚，可能有希望"文化崛起"的心态在其中，有意无意间突显了"我们也有"的心态，符合从上到下"让世界了解中国"的态度。其实，把莎士

---

1. 据 2016 年 4 月 22 日《北京青年报》《相望四百年　义从断处生》一文修订。

比亚与中国历史上的经典戏剧家做比较，并非是今年才有的现象。无论中外，早有学者做过这样的比较研究，如著名的美国汉学家白芝（Ceril Birch），几十年前就发表过莎士比亚与汤显祖的比较研究论文，日本学者青木正儿也做过这方面的研究。只是当时大多限于学术圈，没有那么多的媒体，特别是网络的助推。

要问莎士比亚与汤显祖之间有没有可比性，首先要弄清楚，是什么方面的可比性。两人都死在四百年前，可比；两人都写戏，可比；两人都以戏剧、诗及诗意出名，可比；两人的戏里都写爱情与魔幻，可比。但是，这样的"可比"有意思吗？把两只不同的容器放在一起，一圆一方，一木一石，一大一小，形容一番，比完了。有意思吗？

莎士比亚和汤显祖两人都写喜剧和悲剧，他们的作品从形式、内容到传统都有不少可比之处，例如：戏剧结构的差异、"悲剧"和"喜剧"观念及体现形式的差异，以及这些差异背后的戏剧起源、文化渊源、文化习惯、思想意识等方面的差异。这对于沟通中西，特别是让西方人更好地了解中国的文化底蕴，从而能宽容平等地接受这样一个与他们很不相同的文化，而不是仅仅把它当作"文化古玩"，还是有意义的。但是，迄今为止的不少"比较文学"成果，还远远没有达到这一步。比如：汤显祖研究的成果中，有多少是通过比较或对照研究莎士比亚得到的？反过来的问题同样成立。

当然，这样的结果是需要有"群众基础"的。因此，今年（2016 年 编者注）作为"汤莎年"或"莎汤年"，最大的意义是通过文化助力，使汤显祖与莎士比亚在更广阔的范围内引起人们的好奇、注意和了解，打好这样的群众基础。再说，多一点集娱乐与学术于一身的活动，总归是好事。

问：用中国戏曲形式表现国外经典的尝试不少，这种"对撞"和"融合"有意义吗？

答：我在剧场看这样改编演出的经历不多，但读到过不少相关的研究。莎士比亚在中国的很多地方戏曲里得到了改编。京剧自不必说，越剧、沪剧、粤剧、黄梅戏、川剧、豫剧、梆子戏等等，都有改编。还有汉剧的《驯悍记》，还有真正体现"汤莎会"，集《临川四梦》与

《仲夏夜之梦》于一体的演出。这样的"融合"首先拓展了传统戏曲的表现范围，考验并提升了传统戏曲从编导、演员到观众各自的操作与接受能力。因为从莎士比亚的戏剧到我们的戏曲，要跨越好几道障碍：情节、人物、语言、风格、理念、样式等等。其次，这样的"对撞"与"融合"，即使有时候会使一种戏剧形式在另一种戏剧形式中显得有些尴尬，却也能为观众带来一些意外的享受，启发出一些不同的思考，会反过来加深对自己文化和文学现象的领悟。

不过，我们不必夸大这样的意义。应当看到，"东方就是东方，西方就是西方"。我们如果跳出"故事情节"去看那样的改编，就会发现有很多东西几乎让人有方枘圆凿的感觉。以某些地方戏改编的《哈姆雷特》为例：用中国传统的女扮男装的方式，或把哈姆雷特套在"小生""须生""武生""花脸"这样的行当里演，很难让人信服他就是莎剧里的那个哈姆雷特：在德国受了人文主义教育，却无法摆脱气质里具有文艺复兴特征的忧郁伤情；一方面因知识太多、想得太多而失去了行动的决断，可另一方面又行动鲁莽、缺乏审慎。数一数戏里死在他手里的人，实在不大像我们古典戏曲里的"好人"。我们也的确可以从《李尔王》里找到类似"三纲五常"的桥段，也可以用这出悲剧作为"尊亲敬老"的反面教材，但要从这样的比较中得出"原来莎士比亚也认同我们的价值观"，恐怕也失之肤浅。

还有一个问题：我们能否也将我们的传统戏曲经典改编成英语话剧后到外国舞台上演出呢？有来有往，平等交流啊。

问：您提到过，在中国，莎士比亚文本和戏剧舞台呈现之间、学术和剧场之间，往往存在着隔阂，两个行当难以打通。其实，中国戏曲也有类似情况。而在国外，尤其英国，优秀的戏剧演员甚至明星，都有着较好的文学基础和教育背景，而知识阶层也多有观剧习惯。您认为中外这种不同的状态，原因是什么？戏剧和文学间能够良性互动如何实现？有何裨益？

答：学术界与演出界对话的确有难度。深究起来，原因有几个。首先，戏剧对两者的呈现是不同的。对学术界，戏剧是剧本，是文学作品，是语言建构的东西，是可以推敲、分析、阐释与再阐释的对象；对演出界而言，戏剧就是供戏台呈现的本子，一切以演出为中心。这一点，中外情况基本一致。但接下来的情况就不同了。在我们这边，戏剧教育（或广义上的艺术教育）和人文教育（或特定的文学教育）还存在着一定的割裂。本来就隔行如隔山，每一行当有每一行当的特殊性，但由于我们的人文教育中缺乏戏剧教育，戏剧教育中缺乏人文教育，这样的割裂就加深了。

其次，在教育和学术层面，如果双方缺乏对话交流的话语基础，甚至因互持偏见而缺乏意愿、因行业自闭而缺乏虚怀，导致编导演未能充分了解剧本，或不能掌握剧本在时代变迁和学术研究下可能产生的新意义而研究剧本的，把剧本当诗歌小说一类纯文本的文学现象来分析，缺少舞台想象，这样的研究成果也容易被编导演等戏剧实践家们看轻。所以我一向认为，编导演与学者要做的是架桥，是沟通，相互虚心学习。做学者的要能不断地与时俱进，在经典中发现与当代生活相关的意义，做编导的也要善于了解戏剧文学批评的最新成就，以开放的心态和活跃的想象，不断在舞台上为经典作品注入新的生命。

问：莎士比亚是文学、文化，也是商业、社会话题，而在中国，文化经典的存在形式显然比较单一，往往就学术论学术，跟普通人没关系。如果说汤显祖等中国经典的传承效果不佳，是因为莎士比亚的作品对当今还有借鉴警示作用，而汤显祖已经没有了吗？是因为莎士比亚还能调动当代人的理性和感性思维，而汤显祖不能了吗？

答：西方的戏剧教育贯穿于从小学到大学的整个过程，往往是通过融合在课程里和学校生活中的表演活动实现的，还有与戏剧教育有配套作用的讲演训练。另外，由于古希腊罗马戏剧是整个西方文明和文化的重要内容之一，迄今，它们对教育的影响与渗透，远远超越了戏剧的范畴，而在整个文学、文化和意识形态里发挥着作用。反观我们的戏曲，虽然有元杂剧的辉煌时代，但辉煌的元杂剧在我们自己的文化传统中，却似乎从未有过可比肩古希腊罗马悲剧那样的重要性和地位。

汤显祖是否具有当代意义的问题，其实与中国经典是否具有当代意义是紧密相关的。所谓当代意义，就是作品提出的问题是否能引起当代读者或观众的共鸣，是否能与他们身上或身边发生的问题产生关联，这于作品本身的创作年代、故事内容、台上的人物穿着哪个时代的服装，并没有太多的关系。汤显祖有没有当代意义，一方面需要我们的学者用自己的研究来指明，一方面需要我们的编导通过演出来展现，但最终都得落实到：这样的研究，这样的演出，是否能使当代的观众读者感兴趣，让他们信服，是否能在他们中间产生共鸣。不是仅把作品当作文学或艺术的兴趣和共鸣，而是像莎士比亚那样，剧本里的很多问题，无论是研究还是演出，都能让人觉得，莎士比亚就活在当下，莎士比亚演的就是现在的事情。这也是我想向我们的中国经典研究和演出提出的问题：我们的经典，当下性在哪里？这是学者和编导的责任，是经过他们之手，传承经典生命，发扬经典意义的责任。

问：当下不可回避的问题是，我们对自己的文化关注不够，忙着复制西方人的思维方式、生活习惯、价值观念，严重者，不知道莎士比亚会让人觉得很不好意思，而不知道汤显祖却并不感到羞惭。在这种情况下，该如何理解中国人演莎士比亚的意义？

答：我倒没觉得有那么严重，不知道莎士比亚也未必需要"很不好意思"，只不过少了一个认识西方文化的窗口而已。中国人演莎士比亚，主要是可以提供一个更多了解西方文化源头的机会，通过演出，使观众意识到，有很多问题，无论时间、地域、人种，都一样的。我们具有同样的困惑，遭遇同样的困境，同样需要思考和做出努力来解决这些问题。另外，我们也具有同样的美德感、道义感，在一定程度上分享着某些价值观，而在另一些地方则价值相左。我依然坚信，"古为今用，洋为中用"，这一原则至今适用，体现在莎士比亚演出和研究中十分贴切。莎士比亚从英国走向世界的过程，完全可以成为我们如何使自己的经典走向世界的借鉴。

问：您说莎士比亚是世界的，也是中国人的。中国人对于莎士比亚研究，在世界范围内的话语影响力如何？我们在对其阐释中是如何体现东方人自己的理解的？

答：我同意这样的说法，莎士比亚是世界的，中国的莎士比亚演出与研究，是世界的莎士比亚中的重要一部分，尤以演出为重，因为我们有自己独特的戏曲改编形式，可以丰富莎士比亚演出的内容。至于研究，中国学者传统上的贡献主要体现在莎士比亚与中国经典戏剧的比较研究、莎士比亚在中国的译介及评论等，在莎士比亚的跨文化释读与误读研究方面，中国学者完全可以提出有价值的学术成果。随着我们与国际莎学界的交流日益广泛频繁，我们的学者在莎士比亚作品研究、莎士比亚改编研究等领域也开始在国际学术舞台发声，在某些方面的成果已接近国际水平，可以开展平等对话了，如莎士比亚电影研究。

问：您认为"汤显祖们"走向世界的阻碍在哪里？可能性在哪里？东西方价值观的差异化，是中国文化向外传播的优势还是劣势？

答：就事论事，中国文化及文学经典走向世界的主要障碍有这么几个：一是缺乏能让人通过作品了解中国文化精髓的译本。尽管国家大力扶持中文作品外译工程，但毋庸讳言，在世界上真正有读者的，是母语译者的译本。究其原因，语言的地道性、对母语读者期待界限的了解、对母语出版市场规律的认知等，都是我们的译本难以流行的原因。当然，母语译者的本子也有问题，主要体现在对中国文化及语言微妙之处难以把握、对中国的文化历史等缺乏必要的知识等，译本中出现误读误译从而使我们的经典"变形"的情况还很常见。

第二，是我们缺乏能让对方乐于接受的文化策略与产品。就文化输出而言，我们应该意识到，这在某种意义上是一个"买方市场"，我们不能完全按自己的想法，去要求别人觉得我们好，我们要把自己的产品做得让别人乐意接受，并在润物无声中让别人领悟、认可我们的好。

在这方面，我们的确还有很多事情要学着做。

说到东西方价值观的差异，我觉得正因为有差异，才使各自的价值观更有意义，所谓"义从断处生"。有差异，才需要交流、对话、沟通，更需要通过交流对话沟通达到理解、宽容和共存。我们的经典，我们的价值观，自有其特征与优势，关键是如何将这样的理论优势转化为实际优势。莎士比亚走进来，汤显祖走出去，日积月累，在相互碰撞、比较、沟通中增加了解，在诚心喜欢别人家好东西的同时，也让别人心悦诚服地喜欢我们的好东西。当然，我们更要让自己的经典与时俱进，首先让自己人喜欢。例如，2016年皇家莎士比亚剧院来中国的北京上海香港巡演，在国内的演出和媒体上刮起了一股莎士比亚风，可有多少人知道，差不多同时，我们有学者在英国巡回讲演汤显祖，同样引起轰动。所以，认识、认可、喜爱、传播我们自己的经典，是一项系统工程，需要学术、教育、演出、媒体等各方面的通力合作。